U0724504

远行

许理存 著

时代出版传媒股份有限公司
安徽文艺出版社

图书在版编目（ＣＩＰ）数据

远行 / 许理存著. -- 合肥 ： 安徽文艺出版社，
2025. 1. -- ISBN 978-7-5396-8261-7

Ⅰ. I267

中国国家版本馆 CIP 数据核字第 2024CB3369 号

远行

YUANXING

出 版 人：姚　巍

责任编辑：秦　雯　　　　　　　　封面设计：李　超

....

出版发行：安徽文艺出版社　　www.awpub.com

地　　　址：合肥市翡翠路 1118 号　　邮政编码：230071

营 销 部：(0551)63533889

印　　制：永清县晔盛亚胶印有限公司　　(0316)6658662

....

开本：700×1000　1/16　印张：12.25　字数：170 千字

版次：2025 年 1 月第 1 版

印次：2025 年 1 月第 1 次印刷

定价：69.50 元

....

（如发现印装质量问题，影响阅读，请与出版社联系调换）

版权所有，侵权必究

目录

1

第二辑　故乡的雨

第三辑　车轮滚滚

第一辑　月光下的炊烟

我的小学

　　我的家乡在合肥西乡廖渡村鲍庄，以前归属龙潭乡，后来改了名字。一开始，叫青春公社，后来又叫袁店公社。龙潭乡因为有条河叫龙潭河而得名，叫袁店公社是因为历史，因为这块土地上有条老街叫袁店。

　　我的家乡在龙潭乡的尽头，前面有条河——凤落河，河床深陷，河堤高耸。行路难，难于登"月球"。从我记事起至1985年，我们的村子从没有车子进出——除了大板车和独轮车。这里的交通比大山还闭塞，但这里的土地是肥沃的，可这里人的肚皮一直薄如蝉翼。

　　穷，是这块乡土的头衔，不仅体现在交通上，不仅体现在那干瘪的肚皮上，还体现在我们的校舍上，体现在教育上。

　　小学我读了五年，可校址就改了六次，校名也改了六次。一年级时，学校是西边老庄一户人家的一间房，也可能是两间吧，中间有个大梁。这就是一所学校，没有牌子，大门外的泥巴墙上写着：西边老庄小学。十八个学生，组成不同的年级，最高的是三年级，还有一年级和二年级，一年级的人最多。

　　那时我们上的是复式班。一节课开始老师先上高年级的课，上一会儿，让学生自习，再上低年级的课，依此类推，一节课要上三个年级的课程。老师最头痛的是课堂纪律。上高年级的课时，低年级的同学无事可做又约束不了自己，各种捣乱的动作就出现了，轻则你戳我捣，重则离开桌子打斗相互抓扯。待老师回过头时，打闹的学生又迅速归位，弄得老师调查一次打斗事件的原因，就得花费很多时间，更多时候还查不出"真凶"。

有一次，老师在给三年级的同学上课，讲到龙梅和玉荣在风雨中抢救生产队的羊群的时候，二年级的男同学锋受到了启发，突然对着隔壁的女同学做起了"羊闻膵"的动作：先把鼻子靠近隔壁的女孩子，然后慢慢地抬起头，直到鼻孔朝天。抬头的过程中，锋一脸享受的表情，尤其是鼻子翕动的过程实在太像"羊闻膵"了。

老师当时正在板书，背对着学生，忽然一阵哄堂大笑。那女孩不干了，受了伤害的她抓起书包哭着冲出教室。老师回过头，询问怎么回事？一个一年级的男同学说，锋同学对那个女同学做"羊闻膵"的动作。老师不明白什么是"羊闻膵"，就问怎么做的。另一个一年级的男同学熟练地又做了一遍，又是一阵哄堂大笑，老师也笑了。这时那女孩子的家长来了，怒气冲冲地先责问老师，书是怎么教的?! 接着就要去扇锋同学的耳光。老师慌了，立马上前好说歹说，一场纠纷才平息了下来。

复式班的课难上，家长也不重视孩子的学业。复式班除了课堂纪律难管，外部的侵扰也是一大问题。有一次正上课时，一头老母猪就哼哼唧唧地跑了进来，如入无人之境，还拱着我们的板凳，甚至干脆走到讲台上，似乎要给我们上课似的抬着头。那丑陋的脸上，一点愧色都没有，还冒充斯文。更多时候，正上着课，一些高年级同学的父亲或母亲就冲进教室大声喊着自己孩子的名字，要他们回家干点家务或看场，或去拿个什么东西。教师也不好干涉。一些家长说话很放肆，一点不知学堂的神圣。

有个同学的母亲经常会端来一碗汤或是别的什么好吃的东西，放在他的桌子上，同时嘴里还念叨着："我家老窝子身体差要补补。"在那飘香的教室里，饥肠辘辘的我们，个个都在流口水，每个人的心里都是恨恨的。那碗食物就像磁铁一样吸引同学的眼光，但大家不好意思盯着，都是瞟一眼，脸上显示出无所谓的样子，可肠子和胃有所谓，加速蠕动着。老师也是饿着的，同样也受影响，但并不吭声。

老师在课堂上除了上课，还讲些故事，讲故事时课堂纪律是最好的，可以说是鸦雀无声，每个同学的耳朵都是竖着的，眼睛也比平时睁大许多。也许是农村里说故事的人太少了吧。当然，也有些家长会讲故事给孩子听，但只是少数。

那时上学，不仅学校不固定，同学也不固定。有些家长常把孩子叫回家不让上学，理由也很多。有的是从队里争取到了放牛的资格，放牛就成了孩子的主业，自然不能上学了。也有的家长认为上学没有用，还不如抓几条鱼、挖几条黄鳝实惠。一位姓段的同学，读二年级时，一天他正在上课，他的父亲扛着犁就进了教室，说不让他念书了。老师自然认真地劝这位家长，并跟他说读书的重要性，但家长坚持认为能认识几个字就够了，识再多字也不能当饭吃。

我上完一年级后，校址又迁了，校名也改成了周墩小学。同样没有牌子，只有两间教室，其实是一大间，中间有个小梁隔开。二年级了，我的资格老了许多，捣乱被抓的次数也更多了。这里仍然是上复式课，界线也不明显。有时我们年级的课上了半天我还以为没有开始，到老师提问时才全身肌肉紧张。

有一次老师突然就把我叫起来回答问题，我一头雾水。老师看出我没有在听课，故意让我出丑。我站起来了，当然无法回答问题，但不知哪里来的一肚子气，冲着老师大叫："你甭跟我斗！""甭跟我斗"在我们那里有两重意思：一重是你不要跟我作对，另一重是你不要跟我开这种玩笑。此言一出，老师就蒙了："这是什么学生啊？我不跟你斗，你还上什么学啊？"放学后，我还没到家，老师就到我家了，是家访更是告状，好在我爸对我一直散养，并不多加责问。

晚饭时老师和我分开吃饭。那一夜，老师没有回家，醉了，就睡在我和小叔的床上。那一夜，小叔外出，我与老师同床，一夜我就保持一个姿势，一直不敢动。与老师同床，可能任何一个学生都会内心紧张。

三年级开学时，学校转到了盐行仓。这也是农民的草房，照例没有牌子，大门外写着"盐行仓小学"几个字，石灰水刷的。裂开的墙上那几个字也算显眼，只是教室大了许多，是三个房间一通连，两个水梁，同样还是复式班。

记忆中，印象最深刻的是学拼音，那不是读，而是吼。喊叫声都快把屋顶掀翻了，从大门传出去飘到很远的地方，叫声里有明显的饥饿味道，但声量一点不减。那是精神在抵抗着饥饿。饥饿时大声地喊叫，反而不感到饿了，我们就更加大声地喊叫，尽管我们根本不知道学那拼音到底有什么用。

三年级的时候，老师常带着我们在田埂上游行，还喊着口号。除了政治活动，还有文艺活动。那文艺活动实在丰富，乡里会派人到各大队指导，也来学校教。我参加了一个歌舞排练，一个人唱，七八个人伴舞，我清晰地记得，动作简单且不多。有一个动作就是右脚向前一步弓着，左脚绷直在后，身体前倾，左手下垂，一摇一摇的，那右手向前一伸一伸的，就整个姿势来看，明显就是车水车的动作。

还有一次排练快板，内容是歌颂社会主义新农村的，表现老百姓日子越过越好。有一个赞扬农民房屋的快板是这么唱的：麦秸屋，扎大脊，高大又漂亮；四周墙，抹得光，映人乱晃；墙上挂着《红灯记》、威虎山，彩色多样；学英雄，见行动，大干快上。

年终评三好学生也与以往不同，完全不考虑成绩，而是看各种表现。评比开始，几个年级的学生聚在一起，各自说出自己这一年来做了多少好人好事。做好事是评三好学生的唯一标准，每个同学都争先恐后地列举着自己为别人、为生产队、为国家做了什么好事。

有的同学刚说完，屁股还未坐下来，就有同庄子的同学驳斥说没有这回事。也有的同学列举了自己做的好人好事后，老师立马表示这个不算，这个好事是为了这个同学家或是这个同学家亲戚做的。也有的说捡到一分钱交给生产队队长了，还有一个同学更大胆地说救过一个落水儿童，过程说得很惊险，话音刚落，那同学的同桌就站起来说："老师，他根本就不会游泳。"

在这个过程中，每说一段老师就带同学在教室里喊几句口号，那口号其实和评三好学生一点关系都没有，喊完了再说。一个下午过去了，小伙伴们的劲头明显减了许多。好长时间都是静静的，老师就开始点名让同学们继续说好人好事。突然就点到了我，也许因为我一直未发言吧，其实我基本都是做坏事的，摸瓜偷鱼，哪有好事可说呢？被点了名不说不行了，自由发言时不说，还可以被理解为深思熟虑，点名让你说，如果一件好事都说不出来，那就是有问题的。

我傻傻地站起来，脑子里剧烈地翻滚着可能做过的什么好人好事，可我真的说不出一件像样的好事来。但我还是说了一件，说一次放学路过一道田埂，看田里的水从一个洞里往沟里淌，我费了好大的劲把它堵上了。话一说完，全班的小伙伴都笑了，我看到老师也笑了，我知道他们肯定认为，这纯粹就是磨蛋（胡说）。

由于开了一下午的评比会还喊口号，而且大家都是饿着肚皮在喊，一位女同学身体不适，一个叫鸭毛子的同学送她回家。鸭毛子一回到班里马上就报上一件他做的好事，说是看见一头猪在田里吃稻，他把猪赶走了。由于他的好事是最后说的，尽管谁也没有看见，但三好学生就是他了——其实他的成绩是班里倒数的。

大队费了九牛二虎之力终于把廖渡小学建起来了，有五个教室，一个年级一个。说是学校，其实只是几间空房子，没有窗户玻璃，也没有课桌。老师交代说，在入冬前大队会用树枝把窗户挡一下，但桌子要同学们回家让家长来搭。家长们各显神通，从自己的家里搬来土砖和木棍搭建课桌。只有一户人家是用砖砌的桌子，那砖是从一个猪圈围墙上扒来的，尽管很臭，但它仍是班里最亮丽的课桌。

有的同学的父亲是泥瓦工出身，泥桌不仅搭建得工整也很光亮，而我老爸砌得最丑，也最粗糙，我很没面子。尽管不影响学习，但我还是从家里拿来报纸，一张张糊在桌面上，课桌一下子就漂亮了很多，趴在上面似乎高雅很多，连做题都快了许多。

在这搬来搬去的过程中，我的小学便糊里糊涂地结束了，虽然肚子里没增加多少墨水，但我还是顺利地毕业了。

一夜木匠

记得上小学时，有一天父亲对我说："长大了学门手艺吧！"

我说："就学木匠吧！"

父亲问："为什么？"

我说可以给家里添一些家具。

父亲笑着说："木匠睡烂床，茅匠住漏房。"我不解其意，也没有问，只是脑子里有些疑惑。木匠自己有手艺，为何睡烂床呢？

我又问父亲学什么呢？父亲说："学铁匠吧。"我问为什么？

父亲说："木匠砍一天不如铁匠冒阵烟。"父亲的意思不言而喻，铁匠比木匠挣钱多。然而，渐渐长大后，我还是更关注木匠的活计。

谁家嫁丫头了，都要把生丫头时种的那棵树砍掉做成嫁妆。村里的木匠多，但更多的人会请廖木匠干活。廖木匠的家具打得好，洁净、细致。丁是丁，卯是卯，那卯眼和榫头都吻合得没有缝隙。他很少用钉子，主要靠手艺，靠对公差的掌握。不像有些水平次的木匠，一律用铁钉来解决问题。

村里谁家嫁女儿开始打家具了，我都要混进其中瞎帮忙。一开始是帮他们拿这取那，学着木匠的样子拿着工具动手动脚。廖木匠家具打得好，脾气也好，弄乱了他的吃饭家什也不恼怒，只是给予告诫，比如："小家伙快住手，木匠的斧头不能乱摸。"以此来提醒我，他的那个长柄

9

斧头不能乱动，我便停住了。

斧头之于木匠，就像指挥棒之于指挥家，一台交响乐演奏得如何，全靠那棒子指挥，木匠也是这样。斧子是给木料塑形的，尤其是家具的老虎脚和犁梢。老虎脚的美是用来养眼的，而犁梢的塑造不仅是为了美，也不只是木匠水平的体现，更直接影响犁田的效率。

村里造水车的机会也多，造水车是生产队的大事，都会请廖木匠。由于是大活，一般他会带五六个徒弟，队里也会派上许多劳动力，主要是拉大锯。

木匠的"吃饭家什"中除了斧便是锯了。片开大圆木要靠拉大锯，一根大圆木立起来固定好，一边放一条大板凳，每条大板凳上站一个男人，那两个男人就这样，一推一拉，呼哧呼哧。锯末随风飞舞，那锯子不断下降，一会儿就片下一块木板。

中锯是用来断圆木或木板的。把木料放在板凳上，一脚踩住木料一端，一手握住木料另一端，单手拉锯，取长短料。

每当生产队里造水车，于我而言就像过年，上蹿下跳，一会儿拉锯，一会儿弄斧子，一会儿拉墨线。木匠们见我就头痛，但又不便呵斥。我爸是队长，谁还不给点面子，不看僧面也得看佛面嘛！

上初中了，我最终没能当上木匠。高考的恢复让谁都有些"非分之想"，这不，我都种了一年的田了，又到学校去尝试那个只有冬天才会有的"大雪"（大学）梦。没当上木匠，但那些与木匠混的日子还真的帮了大忙。

初三时在洪桥中学，一个离家有三十多里的学校。家里也没有多余的板凳。不过运气很好，开学一分座位，我和一位女同学同桌。她从家里带来一条长板凳，正好解决我的座位问题。可惜好景不长，不久我们因为一件小事闹翻了。她把长凳子带回家了，带来一个高凳子，只能一人坐。那天我蹲着上了一天的课。

在洪桥上学时，我和六老头住一起。六老头是我一个远房亲戚，他原是一个木匠，后来在洪桥卫生院食堂烧锅。趁他回家的一个晚上，我甩开膀子，当起了木匠：选了一块松木板，先锯下一块40厘米长、20厘米宽的木板，作为板凳面。再截一块60厘米长的板，锯成四根小木料作为板凳腿。下好料后就是细节处理，先给板凳面凿四个眼，再给板凳腿凿两个眼，这是装掌子用的。

裁料、凿眼都进展顺利，但刨光板凳面时遇到了困难。那块木板是松树板，板面上有个松树节，节不砍掉就没办法刨平，而砍树节是个技术活。我看廖木匠在砍松树节时，斧头是一点点往里削的。临到自己干时，一斧子下去，要不斧子由于吃得深就卡在了节里，要不就是撇过去了，没砍着。

斧子卡住了，弄出来是很费劲的。好不容易弄出来，再一斧子下去还是卡住了。最后我只能放弃对那个节的处理，用纸把那个毛糙的节给遮住了，只是每节课坐在上面，不说如坐针毡，那也是十分硌屁股的。

除了节之外，另一个难题是四条腿在安装时怎么都不在一个平面上，要么这两条腿装上了，另两条腿又投不上来，或者四条腿好不容易都投上了，放在地上却不稳，因为四条腿不在一个面上。后来还是学了次水平木匠的做法："卯不准，钉来助"，用一些钉子把四条腿及掌子连板凳面钉在一起，形成了一个"体态不端"，但可以承载我的重量的高板凳。

差不多到凌晨四点完工了。第二天走进教室时同学们都笑了，问我板凳从哪里弄来的，我说自己做。他们从嘲笑变成微笑，那微笑里有着认可，当然也有同情吧。因为在那个班里我算是外乡人了。

那天晚上放学后，六老头终于发现他的锯断了几个齿，那个珍贵的斧头也有几个大豁口。我进门时，他正站在门口，他的脸色本来就有些暗，但那晚看得出比平时的更暗一些。我准备好了接受一切恶劣话语的冲击，我像犯了错的小学生一样站在那里。

六老头盯着我好一会儿，终于开口了。开口就好，远比一言不发好，一开口才知道我捅的娄子有多大。

"斧头，你干的？"六老头直奔主题，一点过渡都没有。

"我干的。"我毫不掩饰。

"砍石头的？"他有点说气话。

"砍木头的。"我实话实说。

"砍烧火料？"他紧追不舍。

"做了条板凳。"我有些得意且小心地答道。

"你学过木匠？"

"没学过，只是看过木匠干活。"我如实回答，怕编出更大的乱子。

"你以前的板凳呢？"他口气好了很多，大概知道我不是在胡来。

"同学的，她带回家了，不让我坐了。"我把与同学间的事又汇报了一下。

"那你不早说，我帮你做一个不是最简单的事？"他似乎有些同情了，语气也缓和了很多，话语中明显多了些关切而少了许多质疑。

"嗯。"我用鼻音应了一下，人一下子快活起来，这事就算过了。心里预设好的场景并没有发生，对话的方式与口气也远没有我想象中的那么尖锐。我好生感动，望着六老头那仍略显严肃的脸，我似乎读懂了一个道理：人只要做正事，只要愿意动手，只要在追求，其中犯的错是可以被原谅的。

谢谢了，六老头！

学农时代

去年的春节，我又一次回到母校，站在三（1）班写着标语的那堵山墙前，久久伫立，不肯离去。四十年前学农的场面就像开车时树后退的影子，在我脑海中闪过。

砍青是学农的第一步，也是最简单的一步。抄起家里的镰刀，弯下那细如新月的腰，割起青草，放入篮里，背到学校，就可以完成任务。

砍青与割牛草相比，简单太多，因为只要不是枯草都算青。而牛草就不一样了，许多植物，比如蒿子和蓼子草，牛都是不吃的，但可以肥田。

砍好的青背到学校还要称重，因为是有指标的。那些青就堆在一个大仓库里，前几天让其杀青，要让它从直挺挺的样子变蔫，说穿了就是让它低头。后几天让它发酵，就在它怪味冲天的时候，唐老师开口了："同学们，为了农民阶级兄弟，我们要把沤好的青送到田里去，去肥沃农民的庄稼。"

一声号令下，我们那稚嫩的双肩上就架上了硬邦邦的杠子。力小的抬，力大的挑，还有些力气并不大，但要在老师面前表现一下的，也选择了挑。我们力气小的都很鄙视这种行为，一看到那红红的肩，一堆力气小的同学都在窃喜。

把青送到田里还不行，还要帮农民伯伯把青用脚给踩进泥里。有些

13

不负责任的同学在砍青时，把青门苔（一种带刺的类似月季的植物）也塞进筐子里。那刺就划破了好多同学的脚，鲜血和着泥巴，一些同学还装着很坚强的样子，老师就表扬某同学轻伤不下火线。现在听起来都觉得不好意思，但那时这种表扬会让人高兴得不知前后。

送青的时节结束了，我们都松了一口气。大家看上去干得都很欢，但没几个同学是发自内心的认真。农民的孩子，谁没干过这些活啊？只有极少数家里没田的同学和知青老师感觉新鲜，才真的感兴趣。

青沤在田里，老师又带我们去学育苗。育苗的第一步就是选种。那黄灿灿的稻种看上去很饱满，其实不然，有些是瘪的，或是半瘪的，都不能出苗，就要把它们挑出来。于是，我们便在一口口大缸里放上水，加些干土灰一搅，再把种子放进去。由于水中加了土灰，浮力变大，那些瘪的和半瘪的就漂在上面，要捞出来，沉下的就是好种子了。一天下来，我们腰酸背痛，还被农民伯伯讥笑"手忙脚乱"。

天更热了，老师又生出一些农活来，让我们给棉花整枝打杈。这个真有点难了，关键是不认得哪些是枝，哪些是杈。回到鲍家庄，我们就练习起来，跑到田里去打杈。队里的刘副队长一看就火了，因为我们没把杈打掉却把枝掐得稀里哗啦。

冬修的时节，正好赶上袁店公社修西大圩，而中学师生又要填南大塘（飞雁投湖）。于是我们班就分成两组，一组由胡昆老师带领去修西大圩，另一组由彬老师带着填南大塘。西大圩红旗招展，农民的热情都被一个叫程军的知青书记小丫头给点燃了，那么重的土都是抬着跑，那夯声响彻整个西大圩。学生们的热情也被激发了，那一双双小脚像蚂蚁腿一样高频率地移动着。西大圩的合龙与南大塘的完工几乎是同一天，所以，那天在两个工地上开了庆功会。

真正让我们学到农艺技能的还是在校园里种冬瓜。种冬瓜前，彬老师先给我们上了一堂生物课，那节课我啥也没记住，但是记住了 H_2O，其实就是水。彬老师可能想显示一下专业水准，所以不和我们说水，而说 H_2O。接下来就是实操了，每人分几块瓜地，必须种好。彬老师制定了评比标准：比总重，比个重，评瓜王。于是乎，为了肥沃自己的瓜田，厕所便成了同学们的目标，抢大粪已是常态。有一次我正在舀粪，慧同学用那双柔弱的小手握着大瓢和我抢。我心里很不以为然，那么小的手如何与我抗衡？可结果让我大跌眼镜，她的速度比我快多了。

那一年，总重冠军是保同学，瓜王却让慧同学夺去了，我们都不服气，说称重肯定有问题！每个男同学都在怀疑，堂堂须眉怎能让巾帼拔了头筹？我们要求重新称以求公平，结果慧同学的瓜真的最重，七十八斤的冬瓜啊！

我们都不得其解。或许是因为她种冬瓜用了爱心，而我们却是为了完成任务。我们只是付出了体力，而她付出的却是爱，所以，冬瓜也知感恩啊。

忽如一夜春风来，千树万树梨花开。历史翻开新篇章，学生回归了课堂，农民走进了田野，工人忙碌在车间，军人守卫在边防。而今迈步从头越，激情燃起了梦想。卫星上了天，航母下了水，动车轨上飞，亩产超千斤。

想了又想，让专业的人做专业的事，短板变长板，才是真正的共赢啊。

入学考试

那个夏天，我最后一次从袁店中学回家时，手中端着一盏台灯——一盏煤油台灯。灯罩早已破碎，灯座里面是空的，随我那空空的肚子和那空空的脑子一同回家了。

"回来种田了。"我说。

"再读一年吧！"父亲说。

我说："不读了，太费劲。"心里想着在农村也能刨出一条路。父亲没吭声。

老家在圩区，一年中最忙的季节就是"双抢"，不仅抢收，还要抢种。用"非人的生活"来形容这段日子是不为过的，主要是因为一个"热"字和一个"抢"字，要在赤日炎炎之下去抢干农活。

经过这个忙碌的季节，我已意识到文人笔下对土地的赞美都是可疑的。他们与土地之间隔着农民，隔着一堵墙，一堵厚实、纯朴、坚忍的墙。他们在土墙的那一边，是感知不到这边的热、这边的冷、这边的虫叮蚊咬等境况的。

用了一年的时间，我看出了土地的本质。然后，我就想着逃离土地，想着从田里走向田埂，从田埂走向马路，从马路走向城市。

第二年夏天快结束的时候，也是"双抢"快结束的时候，一个没有灯光的夜晚——家里没有煤油了，我们在黑暗中吸着稀溜溜的菜汤饭。

我终于鼓足了勇气，厚着脸皮向父亲开口了："我要读书。"

"想清楚了？"父亲立刻追问。

"想清楚了。"我立即答道。

"那我明天去找你大表叔。"父亲同意了。

就这样我跟着恩师去了界河中学，从初中二年级开始学习。

不知道为何都上了快一周的课了，突然就听说要进行入学考试，或叫摸底考试。幕后的缘由一直不清楚。通知上说，上午考语文与数学，下午考物理与其他。

语文好对付点，胡乱编造，有空的地方都写满，反正语文考试弹性大，"横看成岭侧成峰，远近高低各不同"，只要字写得多，老师多少都会给些分。然而，考数学时，我的两眼都是黑的，就像黑夜里那双黑色的眼睛企图寻找光明，可黑夜中除了天上遥远的星星，哪里有什么光明？

几乎没有一道题会做，好像压根儿就没学过，满肚子委屈。这哪里是什么摸底考试，完全就是跟农村的孩子过不去，这是过滤网，是筛网，是卡钉。当时我就是这么想的，硬着头皮云里雾里胡乱写着，看上去钢笔也在沙沙作响，但心里都在笑自己乱写什么呢？

中午吃完饭，去恩师的房间放饭缸时，就听到里面有大声争执的声音，是恩师在和同一宿舍的教数学的程老师争吵。我没有推开门就站在外面，那破门一点也不挡风，什么话都原原本本地往外传递。

"廖老师，你大表侄数学就考 7 分，还都是选择题得的分，说不定还是抓阄抓的 7 分！"程老师生气得几乎在吼叫。

"他是在干了一年的农活后来上学的，本来基础也不扎实，考得不好在预料之中，但只要认真学，很快会赶上来的。"恩师严肃地说着。

"不可能。你看这道通分题，三分之一加二分之一，这么简单的通分题都不会。他居然直接相加，答案竟为五分之二。这样的成绩一辈子也赶不上!"程老师不依不饶，穷追猛打。

突然就听到恩师把饭缸往桌子上一扔，很响的那种，可以想象饭菜都可能蹦到桌子上了。"我去袁店中学问过了，老师都说他不笨，半学期就能赶上来。"恩师也是真的火了，他不同意程老师的判断。看到恩师如此火大，程老师显然也缓和了很多。

"我也是为他好，你也要对你大老表负责。这么大家伙都种了一年的田了，还上什么学啊，找个丫头结婚算了，这样下去没结果的!"程老师又以关怀的口气坚持着自己的主张。

是啊，结婚，分家，分一两间房子，生两三个孩子，种三四亩地，差不多是那个时候农村男孩子的标准"配置"了。我们同村的小伙伴好多都是这样的。

"我对他有信心，尽管基础差些，但是一年的种田经历会让他奋力学习的，希望你对他多点耐心，也多点心思。"恩师的话也平和了下来。

"那从初一年级重读吧，我从头教，或者转到隔壁班去。"程老师的话变得柔中带刚，看法没有变。

"不求你，我马上把他转到吴老师的班去。"恩师扔出一句话后就不再言语。

一场争论就这样结束了。屋里很静，只听到两人的扒饭声。我本想转身离去，突然鬼使神差的，我却推开了门。他们二人都没有说话，看脸色，他们还没有完全从怒气中走出来。

那么多年过去了，我都没想明白那推门而入的动机，那得多大的勇气啊。细想可能是一种潜意识吧。一来可能是想告诉程老师，我听到了，你看着吧；二来也是想告诉恩师，我听到了，你看着吧。

一个学期很快结束了，初二年级四个平行班，共246人。期末考试中，我总成绩排名第四，数学全年级第一，还得了两个奖，免了下学期学费十五元。

　　成绩公布的那天，我看到恩师那微驼的背直了许多，脸上也更加骄傲起来。程老师也露出了欣赏的微笑，只是微笑里充满了尴尬。

　　世上许多事情简单又复杂，眼见不一定为实，耳听不一定为真，经验不一定可靠。要看穿事物的本质及逻辑关系才能抓住核心，才能掌握真理，才能判断准确。

与鼠同居的日子

　　现在的山南中学，大楼鳞次栉比，道路宽阔平坦，林荫浓密。洁净的校园里，如果有老鼠的话，那一定也只是生活在下水道、地沟或地洞里。而二十六年前，山南中学的老鼠和山南中学的学生是一同住在宿舍里的"室友"。

　　9月的一个下午，阳光灿烂而炙热，我走进了犬牙状的土墙围着的山南中学，报名、签字、交费。很快我被带到一排瓦房前，老师用手一指："这是宿舍，你自己找个炕吧！"

　　这是一个三间相通的大房子，阴暗且潮湿。所谓的炕就是用土块沿内墙的四周砌成的连通铺，高度与家里的床差不多。为了节省空间，每个铺只有七十厘米宽，土炕上有隔断的标志，谁也别想多占，好在那个贫穷的时代基本没有胖子。

　　每个土炕下都有三十厘米见方的洞口，供学生存放"私人财产"。先报到的同学可能都到镇上溜达去了，室内静悄悄的。我坐在铺好的床上，呆呆地看着这陌生的地方，包括那像牛铺一样的炕。突然，我听到细若游丝般的吱吱声从一个洞口发出，继而这种吱吱声渐渐地大起来，而且从很多个洞口发出。我正在努力辨别这是什么声音的时候，有些洞口就有老鼠先伸出前爪后探出脑袋，绿豆大的小眼睛在昏暗中发出亮光，左瞧右看，从面部表情看，只有谨慎绝无胆怯。看来它们已捷足先

20

登成为这里的主人了。就这样，我们开始了与鼠同居的生活。

在那个物资匮乏的年代老鼠是饥不择食的，剩饭、剩菜、果皮……来者不拒，更多的时候它们主动出击，打翻我们的坛坛罐罐先尝为快。老鼠用餐是具有"集体主义精神"的，很少吃独食，都是结伴聚餐。一个老鼠发现了美食会用吱吱声召唤同伴，吃饱后三三两两打闹追逐，从不停歇。可能老鼠的脑容量极小，因此不需要太多时间休息。

它们还会赛跑。有时你会看到一排五六个老鼠突然从房间的这一头跑到另一头，接着后面的一排又跑过去，打闹后也不会停歇。它们还会磨牙，这是它们的生理需要，就是到处找东西咬，床单、枕头、衣服、鞋帽，甚至土墙都是它们攻击的对象，以此来阻止獠牙过快生长。

于是乎，千丝万缕的床单、漏洞百出的被面、大洞小眼的鞋袜，常被同学们用来列举鼠辈们恶行的罪证。有的同学还拿着这些东西到校领导那里控诉老鼠的劣迹，领导总是安慰道："快了快了，很快就有铁床了。"

它们的罪恶还不限于此，深更半夜会从你的脸上爬过去，有时在跳跃时还会把线状的体液射到一排同学的脖子上。作为"室友"，它们为非作歹、肆无忌惮的作乱行为用罄竹难书来描述是一点也不过分的。

为了过些清静的日子，我们和老鼠始终斗智斗勇。首先我们选择用药，把药拌到食物里，可老鼠有很强的记忆力和拒食性以及超强的警觉性，只是一开始被药了几只，后来就再也没有上当的。

我们又开始了以人多势众为优势的肢体搏击，老鼠经常在我们上晚自习时钻进被子里，于是我们就在晚自习后悄悄地回到宿舍，一个同学突然把被子掀开，其他同学就开始逮捕工作，可是数次这样的战斗好像就捕到过一只。其实，老鼠也是聪明的，科学数据显示，它们和人类有90%的基因是相同的，可谓远祖时的同类。

关于老鼠的智慧我是验证过的，那是一个上体育课的下午，我溜到宿舍里睡觉，醒来时发现一只老鼠四脚朝天地抱着一个鸡蛋，而另一只老鼠就咬着它的尾巴往前拖。是啊，智慧相当的群体，一方要打败另一方是件很难的事。渐渐地，大家也累了，不得不与老鼠妥协而和平共处了，只是在心里期盼着快点住到有床的地方。

振奋人心的消息终于传来了，第二天可以搬进新宿舍了，水泥地面，铁床。晚自习后的宿舍沸腾了，大家畅谈着新宿舍的样子。有个同学突然提出，和老鼠相处几个月了，搞个告别仪式吧，很快得到大家的响应，并有同学提议背一首诗："硕鼠硕鼠，无食我黍！三岁贯女，莫我肯顾。逝将去女，适彼乐土……"一直闹腾到十二点钟，才熄灯休息。天快亮时，一声惨叫把大家惊醒，李绍保同学的手被老鼠撕咬掉一块皮，看样子它们还不同意分居呢……

被　　子

　　每每看到现在家里的被褥多得都成为负担，我就会想起小时候，家里没有被子盖，冬天的夜里，罗衾不耐五更寒。

　　被褥是棉花做的，棉花是土地里长的。农村不缺土地，也不缺劳动力，怎么就长不出棉花？真是让人想不通。其实想不通的事情还有很多，千里沃野之上竟长不出庄稼，地也不贫，人也不懒，即使整天泡在地里，那肚皮仍是空空的，那棉花仍然稀缺。

　　我辍学后重返校园，在界河中学。学校离家十八里路，需要住校。一位姓郭的老师的床铺是空的。经恩师协调，我带一床被子，盖一半，垫一半，夜里我就有了栖身之所。

　　当时我家里只有两床被子，我上学带走一床，家里剩下的五口人只能挤在一张床上。背被子走的那一天，我看着家里的床，心里真不是滋味，来回犹豫磨蹭了半天。母亲看出了我的心思，说："抓紧去学校吧！要用劲学，也要看好被子！"

　　一年的农业生产劳动，我悟到在土地里刨食的艰辛。土地并不像文人在书中所歌颂的那样美好。夏天的蚊虫，冬天的枯草，春天的耕作，秋天的收获，没有哪一样是轻松的。父母很大度，给我一次继续读书的机会，这在当时经济条件极度恶劣的情况下，实在难能可贵。

　　我是个勤奋的学生，每天都是夜里一点半还在教室，早晨五点又准时起床诵读。被子于我而言就是几个小时之用，但恰是那宝贵的几个小时给了我温暖。

可就在那个隆冬的一个夜晚，我回到了郭老师的宿舍时，发现门开着，开灯后看见床上空空的。被子被偷了！当时我的脑子一下子就蒙了，不知所措。一床那么破的被子还有人偷啊？被里被面都是补丁，补丁颜色都不一样，摊开的被子就像一块五彩的田，怎么也有人偷啊？是的，不值钱也有人偷，关键是那晚我怎么睡？回去又怎么跟家里人交代呢？我六神无主而又沮丧极了，干脆做作业吧！

天亮了，一夜只趴在桌子上睡了一会儿的我，人虽然坐在课堂里学习，心却飞走了，不停琢磨着各种破解之策。突然我想到了界河公社的旅社里有很多被子，是公家的，那里管得松，住的人也少，靠马路边的那排房间，窗子随便就能打开了。想了又想，我决定去"借"一床被子，放寒假时再偷偷地还回去，于我而言这是最佳的解决方案。

那个中午，草草吃过午饭之后我便去踩点，仔细观察地势，并认真研究着靠马路那排房子的每个窗子，看看破绽在哪里。果真被我找到了，有扇窗子的插销松松垮垮的，且窗上的钢筋还没有我的小指粗，锈迹斑斑，用手晃晃上下可动，轻轻往上一托，用力扳弯一根，再扳弯一根，人就可以钻进去了。

最后我又进行了一次测试，选定了哪扇窗、哪间房、哪床被子。旅社的被子显然好很多，而且干净得很，是白布做的被里被面。

下午上课时，我满脑子都在思忖晚上动手的情景，期盼着那间房晚上无人住，最好晚上月黑风高……想着想着就出神了，好几次被老师敲桌提醒。

下午的最后一节课是恩师的物理课，我强迫自己打起精神来听课，不然一走神就会被抓住，可年少的我再怎么装也装不出若无其事的样子。尽管在课上，我没有被敲桌子提醒，但下课了还是被恩师叫到他的办公室。

"你的目光迷离，出什么事了？"恩师的眼睛盯着我。我胡乱地回答着，像蚊子嗡嗡的，没有底气。

"你到底摊上什么事了？都挂在你的脸上了。"恩师追问着。

我只好实情陈述。

恩师没有责怪，只是说："今晚你就睡我的床。我回家，明天带床被子过来。这周末我带你回家负荆请罪。"

是的，恩师也十分清楚，一床被子对于我家来说是何等贵重。一床被子盖在我身上的时候虽然很轻，可没有了这床被子，我的心里承受着泰山一样的重量，才不到一天的工夫就压得我喘不过气来，人都快要变形了，甚至心生邪恶的萌芽。

我看着面无表情的恩师，心里轻松了许多，脸上再现阳光。

第二天，恩师带来一床被子，是垫被絮，被里被面都是用纱布做的，中间还用针线打了脚。显然，这是恩师昨晚现扯的一大块纱布，并从家里拿出一床垫被絮改做成了一床被子。

那个周末，恩师带着我回家了。他们谈笑风生，我钻进房间看着那空空的床，眼泪直流而下，我虽无错，但家里的损失是重大的。

多少年后每每想起这件事我都后怕，要是当晚真的动了手，一旦当场被捉住，那双刚刚从田里站到田埂上的小脚可又要退回田里了，不仅如此，或许还要背上一副沉重的十字架。

木　桶　饭

现在，快餐店有一道美味叫木桶饭，不知是哪个地方的特色小吃，我时常光顾。木桶饭很干净还有木香味，有传统的味道。其实，我钟情木桶饭，还有一个原因，那就是在享用的时候，木桶饭能勾起我很多回忆，特别是用勺子刮着木桶壁的时候。

1982年的那个初秋，歪斜的大门、齿状的围墙把一群少年箍在了一起，箍在了山南中学的一个班里。少年们的羞涩与微笑几乎挂满了每一个树梢，屋檐下也藏了很多责怪。当然，这些都和胃有关。

不知什么缘由，柱先生就让我当上了生活委员，也许我看上去比较会干活。何同学高一时就说过："这家伙整天跑来跑去像个狗颠子，将来可以当经理。"他真是前卫，那个时候就知道"经理"这个词。当然，也可能因为先生觉得我在山中的理科班混过一年，对食堂比较熟悉吧。就这样，我承担了同学们的订饭琐事。

订饭是个麻烦活。周五、周六这两天需要订下一周的饭。有的人订五天，有的人订四天，也有的订一顿、订三顿，不一而足。麻烦的是，如果有的同学订得不准，到时就吃不上饭。菜基本上是自己从家里带来的，一般都是咸菜。家境好的同学有时在私人菜摊上买。

带菜的同学，打好饭就回到宿舍享用各自的美味。有的比较省，到周六了菜还没有吃完；有的比较大方，懂得与人分享，还没到周五菜就吃光了。余下的两天，基本上就到处找菜吃，从别的同学的坛子里夹。皮厚的在没人时，还从床肚底下掏别人的菜罐子，也不管是谁家的缸子，有时忘记盖盖子，连同老鼠也分了一杯羹。

那时，每顿订几两饭也是要经过思量的，更计较每次分饭的多寡。所以，分饭是最重要的一件事，也是一项功夫活。记得一开始时我没有经验，经常分到最后就不够了。于是，我就带着几个没有饭吃的同学到食堂和大师傅交涉，大部分情况都能"开个绿灯"再给一些，也有好几次没要到饭，我和几个没饭吃的同学就咽了咽唾沫挺到晚餐时间。

随着时间的推移，经验也多了，总结起来就是：前紧后松，前面尽可能抠点，后面才有保证。有时也看人，对女同学常可以克扣点，因为她们饭量小而且有零食，此外面子薄，一般不会当面嚷嚷。个头小点的男同学也会少给点，因为他们吃得少些，也不会太计较。此外，家境好的也会少分点，因为他们在家里吃的东西更丰富。

我记得最清楚的就是锐同学，他兼具后面两个条件，所以基本上属于被"克扣"的对象。但他一般情况下少有微词，最多把打好的饭在碗里抖几下，以示不悦，因为越抖越少，就很难看。比较担心的，就是五大三粗、食量惊人的同学，那家伙，要是给少了他们就"现场直播"，当场给你难堪。好多次我都被翻白眼，弄我很有负罪感，好像我是在"克扣粮饷"。殊不知，我正是在力求真正的公平，尽管这种公平看上去却是那么不公平。

其实分饭技术高低也不是完全取决于我的水平，和食堂大师傅也有关。那时饭是称重的，一般五两米，得煮出一斤一两重的饭。但饭煮得软时，不仅重且体积小，结团又不好分，还特别费力气。更重要的是，分了饭的同学一生气就把饭抖得老高，几次抖下来，饭还没有拳头那么大，而且相互交换看法，声音还比较大，那是故意让我听的。

饭还没分完呢，不能分辩，委屈着吧。当然，哪一天饭煮得比较干，很散，那就好分了，三下五除二，把饭从桶底翻一遍，基本上饭粒就变得非常松散，分起来不仅省力，更主要的是饭粒蓬松，每个人的饭缸里的饭就显得多。这时大家笑声就比较多，脸色也好看，都认为今天分的饭多了，其实是一样的，只是饭的松散程度不同而已。

但大师傅每天煮饭也像天气变化一样不稳定，某一天很干，某一天很软烂。我们各班的生活委员曾就这个问题和食堂交流过。经过一通解释，得出的结论是：饭煮得干或稀就像这夏天的天气，谁也把握不住。有一个又高又胖的师傅说话很粗糙，说煮饭就像生孩子，生男生女谁能把持住？对这种谬论，我们谁也不敢同他理论。但问题总得解决啊，于是，几个班的生活委员经常在一起交流分饭的经验。

记得二年级的一个生活委员比较有想法，他总结了几条经验：第一，不能用同学们自己的碗打饭，碗的大小不好把握，得用一个统一的量具。第二，量具的底部最好窄一点，这样堆在碗里显得高一些。第三，每次分饭前要对大桶里的饭有个基本的干湿度判断，不要急于分。若是比较干就一次性从底部开始向上翻，叫松饭；若是很湿呢，那就分几次刨。最后一点就是用小铲子，用小铲子分饭显得好看很多，可以把饭堆得高且松。这些经验我在后来的分饭过程中基本都用上了。每次分饭时，同学都叫着快点分，但我不能急，要围着木桶转几下，看软烂程度让心里有个谱，把握下今天的饭该怎么分。

除了分饭，生活委员日常的工作也不轻松，比如每次叫人到食堂里抬饭就是个头痛的事。很多时候叫不动，谁愿意呢？又不给工分。所以我平时就多留心和几个男同学搞好关系，万一哪天叫不动人了，就能有人帮忙。除了抬饭，那抬饭用的大木棒及锅铲的管理、木桶的洗刷也比较麻烦，搞得不好就不干净。食堂师傅不管那么多，你若把锅铲扔到食堂的地上，他们就会在上面踏来踏去。木桶的清洗他们更是不管了。我一般都会给最后一两名同学多点饭，博得好感，他们才愿意陪我把木桶抬回食堂洗刷好，并放在一个干净的地方。

　　账簿是订饭的记录，也是分饭的依据。每个人的名字和订饭的多少都写在簿上，不得马虎。每隔几周我就要去先生那里领取一本，而写满的那本就保存起来。这些记载着我们生活的文字，我一直保存到1991年的夏天，直至一场大水把我们的"家产"连同回忆冲刷得一干二净，为此我忧伤了好久。当然，也许记忆不太准确的过去回想起来会更加美好。是啊，那些年的那些木桶饭，连同木桶被锅铲刮下来的木屑，不仅带给我们营养，还带来了那深深的情谊。

月光下的炊烟

谁会在月光下升起炊烟呢？人民公社早期，农民一日三餐在大食堂里吃，但吃不饱也吃不好，众口难调啊。于是，有些人家就偷偷地在月光下升起炊烟，那悠悠的烟柱下是一家人的窃喜，是一种违禁时的紧张与兴奋。一股烟，两股烟，三股烟，当更多的人家有了月光下的炊烟的秘密时，公社干部就不同意了，办法很简单，收锅，把每家每户的锅都收起来，没有锅，炊烟升起又有什么用呢？那月光下的炊烟就真的消失了好长一段时间。可不久，月光下又升起了炊烟，没有那么直，没有那么多，而且是断断续续的。

群众的智慧是不可低估的，原来，锅是被收走了，但各家在灶台上用来温水的瓦罐还在啊，稍作改造，瓦罐就可以当锅用了，可以煮饭，也可以蒸菜，只是不能炒菜而已。呵呵，真是"饿"则思变，高手在民间。可终于有一天，真的见不到月光下的炊烟了，因为在困难时期，每家都找不到可以煮的东西了。白天都没有炊烟了，哪还有月光下的炊烟呢？

月光下的炊烟，这文字美好、浪漫而富有诗意，可那个飘出炊烟的烟道，那黑乎乎的锅膛，那锅台连同烧火的人，却组成了一幅辛酸而苦难的画面。

记得1981年，我在洪桥中学读书时也曾升腾起月光下的炊烟，那锅灶边坐着的烧火的人就是我，正值年少却又饥肠辘辘的我。那会我住食堂里，洪桥公社医院的食堂，食堂师傅是我的一个远房亲戚，我们都称他为六老头，其实他不老，才三十来岁。食堂里的菜不敢说怎么样，但米还是充足的，那米加点水，两股烟一冒，白花花的饭就可以入碗了。

然而幸运的是，我的那位亲戚，每周都要回老家一趟，他每次回家的那个晚上就是我的节日，那晚一定会升起炊烟。一开始，胆子小，怕被人发现，我都是以最快的速度煮点米饭，并以最快的速度三两口结束战斗，饭基本上是吞下去的。

为减少被发现的概率，整个过程都是不点灯的，摸着黑淘米，烧锅，包括吃饭。在这个过程中最担心的环节是烧锅，因为，烟囱会冒烟，这是最容易被别人发现的。所以要选干的草，每次往锅洞里塞一点点草，而且都是用火钳子夹着烧，这样可以最大限度地减少冒烟。当然，有时也在伸手不见五指的夜晚里升起炊烟，那个夜晚的故事就会简单得多，因为，漆黑的夜里炊烟不易被人发现。

就这样安全地在夜里享受着白花花的米饭，在每一个六老头回家的夜晚，我都会饱食一顿。时间一长，次数一多，经验也丰富了，我就用猪油炒饭。这是个好吃的东西，饭煮好再用猪油炒一下，那真是饕餮大餐了。

有一段时间一直是连阴雨，外面的草堆都湿了。阴雨的夜里是不能煮饭吃的，因为草太潮，一定会冒出很大的烟，即便是漆黑的夜，燃烧湿草所冒出的浓烟也会让人看到。就这样忍了好多个六老头不在家的夜晚，有一天终于放晴，月光很亮，但草还是有点潮。饥饿的力量驱动着我升起了月光下的炊烟，我非常小心，几乎是每次只夹几根草往锅洞里塞，可草实在是潮，尽管我用了十二分的小心，但还是被发现了。

院长在外面喝酒，回来得很晚，因为天刚放晴，那月亮也格外亮，院长在食堂外墙拐弯的时候无意间瞥见了那柱炊烟。我站在院长的面前，像个犯了错的小学生，院长尽管有些醉意，但目光是温和的，我用蚊子一样细的声音解释道："夜里太饿了。"我正准备坦白一共升起多少次月光下的炊烟时，院长转身往外走，我听到他嘀咕了一句："我想着，黑灯瞎火的，烟囱怎么会冒烟呢？"

第二天，六老头回来了，我也准备好了接受批评与教育。心里有了思量，行为就从容得多。我没有躲避而是主动走过去想说些道歉的话，可我正要张口的时候，他先说了："以后夜里饿了，橱子里有剩饭。"他说得非常轻松，说完就走了出去。我望着他的背影，心里很是感动与感激，他谅解了我，因为饥饿是那个时代大多数人的共同体验。

一顶军帽

在我的青少年时期，大街上的衣服款式千篇一律，颜色也基本是一个色调，最扎眼的是那一身军装。家里有人参过军的，就算捡些旧军装穿着，那也神气十足。后来市场上就有了仿军装的衣服，家境好一点的孩子，买了穿在身上，耀武扬威的。

我家只有一个表叔在部队上，是个排长，他长得粗壮，衣服与我身材不合，所以，即便淘汰的旧军装也轮不上我穿。

家里又没有钱，我只能眼睁睁地看着伙伴们穿着各种军装神气着，既羡慕又嫉妒。解放鞋、武装带、军裤，还有那镶着红色五角星的军帽，这样的装扮走在路上，人相当神气，腰也直挺。一群小伙伴走在一起，那穿军装的总是被拱卫在中间，受人拥戴。有些军装还有口袋，可让人心动了。然而，直到军装不再流行了，我也没有机会穿上一身来神气一下。

虽然我不曾拥有，但也曾借穿一下，神气了一回。记得差不多是在20世纪70年代末秋天的一个晚上，我们同庄的三个伙伴去桃溪电影院看电影。文同学戴了一顶军帽，也不知他从哪里弄到的，上面镶着一颗鲜艳的五角星。

那场电影叫《闪闪的红星》，潘冬子头上那顶八角帽子，上面也有一颗红色的五角星。帽子虽灰了一点，但不减神气的格调，小小的冬子穿上一身军装比春芽子更具魅力。我深受感染，心里就痒痒的，想着要戴一回军帽。

电影一散场，我就和文同学说："帽子借给我戴一会儿吧！"他很大方，尽管他也是那天才戴上这顶帽子的，但仍然不吝啬地把帽子扣在我的头上。我可高兴了，不断地调整着帽子的位置，一会儿觉得帽檐似乎低了些，不太威武；一会儿又感到没戴紧，不够服帖，有时还做个敬礼的动作。

三人说说笑笑，还沉浸在电影带来的兴奋中。当我们刚走到龙潭河大桥时，桥的那头迎面走来三个人，是三个比我们大的小伙子。我们有些害怕了，因为这是不到三米宽的石拱桥，躲是躲不过去了。我仍走在前面，另两位伙伴为让路就走在我后面，三人形成一条直线。但对方仍然一字排开，很横的样子，更像是要找碴的架势。其中的那个高个子与我迎面相遇时，突然抓起我的帽子，并用帽子在我的脸上狠狠地打了一下，然后扬长而去。

那是晚上七八点，桥两头虽有人家，但都是黑灯瞎火的，我们没敢呼叫。回头看看，那三人像没事一样大摇大摆地走着，刚才的事好像没发生。遇到街混子了，我们三人心里都是这么想着，但谁也没有讲话，又走了一程。

文同学说："脸打坏了吧？"

"没有，只是火辣辣的。"我的声音很小，但心里的声音很大，一种要怒吼的冲动在心里憋着。又走了三四公里，我们三人坐在月光下，坐在凤落河大堤上的一棵大树下。

"今晚不来看电影就好了，都怪我。"友同学发话了。

"那怎么知道就遇到小痞子呢？"文同学安慰道。

我一直没有吭声，心里盘算着，到哪里去弄一顶军帽还给文同学呢？十点多我们各自回家睡觉了，分手时都是默默的，没有平时那么活跃，因为都有心事，当然我的心事最重。不仅因为屈辱，更因为我背负着一种压力，一种偿还的压力。我人生中第一次产生了偿还的压力。这种偿还的压力就这样毫无征兆地压在我的头上与心里。

从此，我每天都盘算着如何去弄一顶军帽，哪怕差一点的也行，也算是交差吧！以后的日子，我们三人像什么事都没发生过一样，除了上学，就是在一起偷瓜摸枣、捕鱼捉虾。虽然文同学没有提过这事，但我的心里从来都没有放下过，一刻都没有。

去要吧，到哪里去要呢？本来周围戴军帽的人就不多，城里应多点，但乡下人去城里要东西好像很不靠谱。买一顶吧，又没有钱，也不知有多贵。想来想去，还是想办法挣钱去买一顶靠谱一点。

有一天，我独自一人上了舒城，在百货大楼里看到了军帽，和被抢去的那顶差不多大小，草绿色，很扎眼，但比被抢去的那顶质地要好很多，可标价吓我一大跳：三元五角钱。妈呀，那时大米才一毛一分钱一斤，一顶帽子顶三十多斤大米呀。回到家，我沉思了很多天，咬咬牙想着开始挣钱吧！这是唯一的办法。

春夏之交，一个挣钱的机会来了，供销社开始收干槐树叶子，十斤鲜叶可以晒成一斤干叶，一斤干叶卖七分钱。于是，一场拼命打槐叶的行动开始了。我把弟妹也动员起来，小弟负责看晒，我就爬到树上打，两个妹妹在地上帮忙。一个槐叶季我共卖了三十斤干叶子，得了两块一毛钱。让弟妹干活也不能白干，三分钱一支的冰棒前后共买了十支。这个槐叶季，我最终得了一块八毛钱，还差得远呢！

不久，舒城井子岗那边又开始收购水蛇，听说蛇胆有很高的药用价值。蛇有什么用途并不重要，收蛇的给我钱就行。

那时农村的水蛇真多，田埂上到处都是。我左手拿一个化肥袋，右手握着火钳子，看到蛇，一火钳就夹住了，熟练地放入袋中。蛇虽机灵，但它的视力很差，主要靠蛇芯子来探测信息，但也十分灵活，好在水蛇没有毒。当你走上一道田埂时，它们就会纷纷往小沟里蹿，动作很快，更多的则是直接从田埂上掉到水沟里。你要是不迅速点，那田埂上的蛇就会跑光了。

积累了经验之后，我赤脚上阵，那样行走时动静就小了很多。但蛇仍很敏捷，这时就看谁的动作更快了。当一条水蛇正往沟里挤的时候，我伸手一钳子夹住那蛇的尾巴，这样就逮住了。

那时候，农村除了挣工分，没有更多的能赚钱的门路，鱼和黄鳝都不值钱。收水蛇也是第一次，每个人都会抓住机会。每家每户老小齐上阵，一眼望去，每道田埂上都有低着头匆匆行走的人，大多是左手拿着化肥袋，右手捏着火钳子，当然也有人是左右手反过来拿的。

捕蛇的人多了，那蛇就难抓了，只有提高技术。平坦的田埂上蛇已不多了，而且随着蛇逃跑的经验丰富起来，逮住它们的难度也越来越大，我就去更荒芜的人迹稀少的地方抓蛇。在潮湿的草地里找蛇是一件可怕的事，因为这些地方极易隐藏着毒蛇。这里最常见的毒蛇就是桑根蛇，学名赤链蛇，单那红花的色彩就会让你却步。好几次在找水蛇时我都遭遇了桑根蛇。土公蛇更麻烦，它和土的颜色一样，而且一动不动，因而更加不容易发现。当你碰到它时，它张嘴就是一口，面对那致命的一口，谁都会心惊胆战。

一开始收购水蛇是按斤称的，每斤一毛五分钱，抓蛇的人不多，一天可以抓一两斤，后来抓蛇的人多了，蛇就难抓了。再后来收购蛇的又改为论条收，也许是卖蛇胆时以条为单位的缘故吧。暑假快结束了，我掀开席子，从床垫里掏出卖槐树叶子及卖蛇的钱，差不多快三块钱了，离那顶军帽还差一点。

我又盯上了场地上从队里分到的一堆紫草桔梗。紫草在化学肥料普及之前是最主要的农业肥料，秋天播种，第二年春天把它犁到泥土里沤肥。所以，紫草很重要，紫草种子更重要，每家每年都要留下紫草种子

36

供秋天播种，所以种子也很值钱。

　　翻打草籽的灵感来自二老表，他就是通过翻打紫草桔梗换了一双泡沫拖鞋，很拉风的那种新式拖鞋。一连五个夏日中午，别人在午睡的时候，我就在场地上用连枷拍打紫草桔梗，一遍又一遍，桔梗都打成灰了，最后用筛子除杂，一斤多黄灿灿的草籽就出来了。

　　第二天我就跑到舒城，一顶军帽终于买回来了，我如释重负。当我把军帽拿到文同学面前的时候，他愣了半天，说道："帽子的事我早就忘了。"并表示坚决不要。他还说他那顶军帽不仅是旧的，而且还是仿的，是花了八毛钱从别人手上买的。

　　看得出他说这话时是认真和真诚的，但我不由分说地把帽子扣在了他的头上，迈着几个月来从未有过的轻松的步伐离去。

　　欠物与欠情一样让人有压力与负疚感，心中无所欠才是好时节啊。

各有千秋

　　当我与同桌谈恋爱的消息不断刺激着先生的耳膜时，他终于坐不住了。他不允许一个浑小子毁了他的得意门生的前途，他要采取措施去断了这个扒泥鳅的野小子与那个文学青年的联系。

　　先生想了很多办法：私下谈心、当面批评、班上点名、冷嘲热讽、调整座位——从同桌调成同排，又调成同组，最后调成她在第一排，我在最后一排……能想到的办法他几乎都用上了，但效果并不理想，经常课堂上就空着两个位子，一个是馨的，另一个是我的。"又溜出去了。"这是先生经常嘀咕的一句话。

　　先生一看来硬的不行，就改变策略，改用"软"的办法，寻找一切机会来浇灭我的热情。

　　一次先生布置作文，题目是"青蛙"，要求写说明文。我非常认真地对待这篇作文，改了又改，自我感觉良好。我想在作文这方面改变先生对我的一些看法，也展现一下自身的实力，改变一下我在全班同学面前灰头土脸的形象。

　　上课了，先生带着那一贯的微笑与一对酒窝走上了讲台，腋下夹着全班同学的作文本。这节课我特别期待，先生一走进课堂，我心里就准备好了接受先生的表扬。所以，这节课我听得特别认真而卖力。

　　先生先在黑板上写下"青蛙"两个字，然后开始评析全班作文的整体写作情况。我清楚地记得先生的分析，他说：这是一篇说明文，说明文的写作，一要忠于事实，二要观察细致，三要层次分明，不能一会儿写头，一会儿写脚，一会儿又来写头。

一番长篇大论后，先生清了清嗓子。我知道，关键时刻到了，这是要宣布本次优秀作文。我屏住呼吸，睁大双眼盯着先生的嘴，判断他是否有说"许"的口型。然而，先生这次改了套路，不是宣布优秀作文，而是拿起作文本朗读了两篇文章，但都没有说出作者的名字。

文章读完了，我心里感到非常失落。因为先生非但不表扬我，反而还要当着全班同学的面，要我好看，让我出丑，令我威信扫地，贬低我的同时，还要树立他的得意门生的形象。因为他读的这两篇文章，一篇是馨写的，我看过，而另一篇则是我写的。

"存同学，你说说看，这两篇文章，哪篇写得更好？"先生仍然是一如既往的笑容，两个酒窝里隐忍着愤怒。我知道今天这节课是冲着我来的，我不能投降。于是，理了理思路后，我不慌不忙，不卑不亢，从容地站了起来，用中等的语速表达着我的观点：

"我认为，这两篇文章各有千秋。"

先生一看我无知地自信着，更加愤怒地微笑着："还各有千秋？"他用双眼诘问着我。他那微笑着的愤怒比咆哮着的愤怒更加有威力，更加让我不自在，看样子今天是要我"低头认罪"，我不能就范。

"比如前一篇文章说青蛙对静止的东西看不见，对运动的东西看得很清楚；后一篇文章说青蛙对静止的东西'视而不见'，对运动的东西'明察秋毫'。你看，两篇文章表达了同样的意思，都把青蛙的习性写出来了，只是用词上有些不同：前一篇语言朴实无华，像个实诚的农村孩子；后一篇用词唯美，像城里的风中少年。所以说两篇文章异曲同工，各有秋千。"我侃侃而谈，心中充满了不屈与自信。

先生见我不但不肯低头，还振振有词，心中很是不满，虽然脸上仍是笑嘻嘻的，但两个酒窝里隐藏的愤怒快要蹦出来了。他看上去仍然在笑，像一尊佛，一尊弥勒佛，心中却藏着千军万马。

"同学们，存同学的观点怎么样啊？"先生是想利用群体的力量来打压我。

经过这么两个回合，大家都猜出来这两篇文章的作者了，便起哄说："确实异曲同工，各有秋千。"

先生仍然一脸微笑，只是两个酒窝变得更深一些，嘴角的肌肉也绷得更紧了，看得出是有话要说了。

"还异曲同工，各有秋千？我看是差之千里！"字字斩钉截铁，不容置疑。接着便是一通专业的分析：这两篇文章在层次的递进、描述的过程、遣词造句，甚至标点符号方面都相差甚远。

先生向来是个宽容的人，和人说话大多留有余地，今天的话却这么狠。他是想用语言来打压我，让我屈服，让我思过，让我悔改，让我清醒，让我不要拖了他的高徒的后腿，让我不要再误己害人。

语言的力量有时往往更暴力，比拳头棍棒更管用。我真的低下了头并做反思状，浑身不自在，若此时地上有缝我都会钻进去的。庆幸的是，下课的铃声终于响了。

爱情的力量往往会冲破一切坚固的闸门，特别是朦胧的爱情。第二天，我和馨又一起溜到舒城去看电影《霓虹灯下的哨兵》。后来听说，先生一到班上又看到两个空位子，心里明白了，昨天的"智斗"毫无效果，不由自主地摇着头自言自语道："山中竹笋，嘴尖皮厚腹中空——没救了。"

从此我又有了一个外号：竹子先生。

那个时代的爱情

20 世纪 70 年代中后期，改革开放还没有开始的时候，社会还是很封闭的，男女之间的感情问题令人讳莫如深。

一天，经过班主任的办公室时，我听到斌老师在里面咆哮："你不偷看别人，怎么知道别人在偷看你？"原来班上的慧同学去老师那里告状，说利同学上课时偷看她。在那个时代，女孩子被人看了，即使被偷看了，也是件不光彩的事，是件耻辱的事。

慧同学个子高挑，长相俊俏，确实让人心动。其实班上不止利同学一个人在偷看慧，还有好几个呢。有的在上课时偷看，有的在下课时偷看，有的在慧同学常经过的地方偷看。偷看的方法也五花八门，有的用纸做成望远镜偷看。而利同学的方法最有效且看得真切，他刚好坐在慧同学的前排，上课时就利用小镜子的反射原理偷看慧。

东窗事发后，利同学被叫到班主任老师那里，他承认确实是偷看了，一共看了 21 次。但他一再强调并无邪念，只是不知道为什么总是想偷看慧。其实，利同学的心里早已装了只扑腾的小鹿了，只可惜是单恋，否则哪有被告状之忧呢？恋爱不成，却落个被老师批评的结果。

班上来了个娥老师，同学们的眼都直了，那真是大美女，而且是城里人的那种大气、从容的美，像阳春白雪，不像其他女孩子那样小家碧玉。娥老师是来教英语的，要接替之前的安老师。

娥老师显然有许多不一样。首先是她那樱桃小嘴始终微笑着；其次是那双眼终日饱含秋水，微笑与秋水时刻刻荡漾在脸上。她的语言轻柔得就像风，激发了大家学习英语的积极性。一时间，大家的英语书就不再干净了，而是被标注上了密密麻麻的汉字注释，什么"Me too"就写成"妹拖"，"Teacher"就写成"铁锹"，总之是五花八门。

同学们的学习热情高涨，娥老师也更加卖力与投入。下课或放学后，只要有学生在，她都在一旁指导。那段时间，一股学英语的热潮在校园里涌动，娥老师的身影总是出现在学生中间。

可是好景不长，自从学校来了"风之子"般的教音乐的毓老师后，娥老师的身影就很少出现在学生中间，更多是和毓老师待在一起。小竹林里，毓老师在拉二胡的时候，娥老师一定在伴舞。飞雁湖畔，毓老师在吹笛子的时候，娥老师一定在伴唱。有时候毓老师在田埂上作曲，田埂很窄，在城里长大的娥老师走在上面像在走钢丝，更像在舞蹈，甚至有几次还掉进田里，有人居然声称发现毓老师与娥老师拉手了。

随着他们俩爱情的升温，同学们学英语的热情反而迅速降温。眼看着这个天造地设的爱情之果就要瓜熟蒂落的时候，突然就听说娥老师要被调走，回城里去了。当我们都在为毓老师担心的时候，来了一纸通知书，毓老师也去城里上学了。他们走后同学们还议论了很久，为什么那样热烈的爱情会突然休止？有的同学说是因为他们俩一起作曲时休止符用得多，所以爱情也突然休止了。

班上有个聪同学，那真是眉清目秀，班上除了我，差不多所有的男同学都偷看过她。其中，胜同学和仓同学在整个"偷看队伍"中脱颖而出，由偷看转为明看，由明看转为爱情的表达。聪同学美丽柔弱，两个大男孩都爱上她了，她却不置可否。又经过一段时间的较量，两个男孩都没有胜出。于是，胜同学提出，男人的事，自己解决，不必为难聪。他俩约定以"决斗"的方式来解决问题，败者主动退出，连偷看的权利都没有，而胜者要保证好好爱护聪。

学校操场边的那个竹林深处，有块四边均约 30 米的空地，他俩就选在这里"决斗"。"决斗"的工具不是枪，也不是剑，而是麻雀蛋大小的石头，规则是轮流投掷，有效部位是对方的鼻子、眼睛与嘴巴。一方投掷时，另一方不得躲闪，谁先砸中有效部位谁就获胜。谁先开始？捶大剪决定。

当我们听说有人在"决斗"而冲向操场边的时候，学校的医务室门口已挤满了看热闹的同学。原来，孱弱的胜同学以"普希金"式的文雅动作，哪里敌得过仓同学的野蛮？没几个回合，胜同学就满脸是血，惊动了校方出面干涉。好在校长是"好好先生"，对双方批评教育一通后这事就过了。"决斗"结果显然无效，偷看聪同学的"盛况"又恢复到以前。

那时这么多的爱情，似那天上的白云，微风一吹就散了，没有一片雨云形成。是的，那时的天空本就难以形成一片云，更不要说雨了，那时的爱情，爱里总是缺了一个"情"字。

毕业后很多年才得知，我的同桌琴同学与同班的美同学结合了。琴同学是个文艺青年，当过演员，记得他曾经演过犟驴。美同学是文学青年，写得一手好文章。也许是这个缘由吧，他们的爱情内敛而低调，他俩是唯一一对不在那堆爱情故事里的，然而他俩修成了正果。

夜　行

　　初冬的夜来得很早，约五点半的光景，室外就全黑了。同学们都在教室里埋头学习，一片寂静，唯有纸笔摩擦所发出的沙沙声。我的邻座却在心神不定地翻着书，面露焦虑之色。她叫馨，从外地来山南中学上学，家很远，平常一个人形单影只，独来独往。她小巧玲珑的体形很容易让人顿生爱怜之意。我是生活委员，关心同学是我的义务，因此，我比别的同学对她更熟悉一些。又是隔壁座位，我还经常在需要或不需要的时候跟她借个橡皮或铅笔刀，以方便说些闲话。

　　20 世纪 80 年代初，男女同学之间说话是很不方便的，一旦说得多了会被爆炒为恋爱。要说话总得找些说得过去的理由。借东西，尤其是借学习用具，就是最好的借口，况且借了还要还，一来一往，可以说两次闲话呢。

　　我伸过头去关切地问："发生什么了？不舒服吗？"

　　"我奶奶病重了。"她用蚊子一样的声音哼哼。她平时说话就是这样，轻得让你难以听清。

　　"那咋办呢？"我也小声地说，以免引起同学们的注意。

　　"我想回家。"她忧伤地说。

　　"现在？"

　　"嗯。"

我看教室外面已被夜色笼罩，估摸着已是七点了。"那我送你回家吧。"我勇敢地说，颇有英雄救美之气概。

"那太好了。"她连忙谢过，没有一点迟疑不决，看样子回家的心情已非常迫切，嘴角有些笑意，脸颊上荡漾出两个浅浅的酒窝，越发让人疼爱。话虽说出口，可我心里不踏实，从学校到她家有三十公里的路程，而且大部分是山路。可又不好再改口，我就叫上表弟楼。我和楼从小一起长大，关系很铁。他在隔壁班，武艺超群，据说对付两三个人不在话下，有他做伴，我心里安稳了许多。后来一个叫东的同学又加入进来，我们还从汪同学那里借来一把三角刀。这样武装一下，胆子就更壮了。一行四人，雄赳赳气昂昂地行进在夜色中。

一路上，馨不言不语，好像心事重重。楼蹦蹦跳跳，像个猴子，一会儿跳起去抓空中的树枝，一会儿又捡起一块石头抛掷到很远的地方，有时还摆几个武当功的姿势，兴奋不已，浑身有用不完的力气。东来自城里，娇生惯养，走这样的路，能跟上已经非常了不起了，当然也就不声不响。

我紧跟在馨的后面，除了走路基本上也没什么声音和动作，只是大脑里一刻也不曾停过：一个小丫头跑这么远的地方读书真不容易啊，看样子是个很上进的学生，还听说她写得一手好文章，据说《作文选》上《他又变成了冒尖户》那篇文章就是她写的呢。那篇文章我也读过，只记得第一段的小标题是"十一届三中全会放光芒"。当时也不知道什么叫"十一届三中全会"，只知道是一次重要的会议。第二段的小标题是"抄家了"，还记得最后一段是写主人公李有才的慷慨陈词。

当时我就想，这个小作者真是知识渊博，可能出身于知识分子家庭，自小就爱读书吧。不像我们小时候，除了上课是从来不读书的，不是偷摘别人家的仨瓜俩枣，就是在水塘里摸鱼捉虾，有时还要放牛放猪，撮狗屎，哪有时间读书呢？读书多的人，看上去就与众不同。馨平时话很少，显得非常文静、婉约、深沉、有修养。她偶尔说话，也是慢条斯理，声音悠扬，像是在唱歌。莞尔时，一对酒窝对男同学是颇具吸引力的。但最让我难以忘怀的还是她那双皮鞋，以及鞋跟与地面碰触时所发出的声响，时常敲击着我的心。

每次她一踏上教室走廊的最西端，一百米以外的二（1）班教室里的我就能感觉到她正款款而来。咔嚓、咔嚓，节奏短促而均匀，我的心也随着这种咔嚓声的节奏在跳动。越来越近，越来越响，直至一个矮小的身影闪进教室，安静地坐到座位上，我的心和我的眼神包括余光才全部收回到书本上。我有时在想，她鞋跟的声响和我的心律为何能共振呢？也许那时穿皮鞋的人太少吧，家里条件好一点的基本上也就只有一双解放鞋，所以，皮鞋就显得非常吸引眼球，从而触及心灵。除此以外，可能还有某种说不清楚的东西在里面，不能用语言表达，只可在心里触动……

"聚星到了！"楼的叫喊打断了我的思绪。我们已走了一个多小时，聚星街道位于山脚下，是乡政府所在地。夜幕下的山村街道异常宁静，穿过街道就是一个很大的渡水槽，横卧在两座山坡之间，底下是条石子路，我们爬上去领略一下它在夜色中的雄姿。馨告诉我们，这个巨大的工程全由劳改犯人建设，我老家的灌溉用水也要经过这里，我肃然起敬。

过了渡槽，约走二十分钟的路程，便是著名的淮军将领张树声的故居——张老圩，不远处的张新圩是后来建的。现在张老圩成为聚星中学，张新圩成为医院，还有一座张家圩子已成林场。三个圩子相距不远，其中张老圩地势最好，三面环山，向南敞开，呈拥抱之势，据说能聚天下之财源，采大地之灵气。

圩子被沟塘环拥，若干拱桥相连，竹园、树林错落有致，不时有夜宿的鸟雀惊飞，搅动着满天的银光，连水面也起了波纹。伫立在壕沟之外，望着这片圩宅，我不禁想起清朝宰相张英的一封家书：一纸书来只为墙，让他三尺又何妨？长城万里今犹在，不见当年秦始皇。是啊，当年飞黄腾达的豪门世家，今日不知何处去，所积聚的万贯身家或被瓜分，或被移作千万种用途。富不过三代的说法看来不仅是因为主观努力不够，还有人们无法左右的社会变迁的巨大力量的影响。

过了张老圩子，我们便下了石子路，进入山路。说山也不是很准确，其实就是波浪起伏的丘陵地形，上坎下坡，左拐右弯，穿村庄、过田埂、涉沟壑，路难行不逊蜀道。好在馨对这条路很熟，她在聚星中学读过一年书，每周都要踏过这条乡间山道。快到十二点时，我们站在一口大水塘的塘埂上，微风吹着塘水，生出一池粼粼波光。塘埂的另一头是一个村庄，屋前的竹林依稀可见，清风吹拂下轻轻摇曳，像在和我们打招呼，很是自在。

馨告诉我们她家就在塘埂的那一头。我们在心里庆祝，终于到了，可以休息了，说不定她家人还会烧点东西让我们吃呢！走了几个小时了，晚餐吃的那点东西在肚子里早兑现成汗水了。我们正准备做欢呼状，馨却立在那里不动了，很不好意思地怯声怯气地说："我家里人很封建。"言下之意，几个毛头小伙子是不好进她家里的。天哪，不会让我们现在往回赶吧？

"实在不好意思，你们还是原路往回赶吧。"她终于还是说出了我们最不愿听到的话。我们点点头，很知趣地立在原地，目送着她一步一步走向塘埂的那一头。敲门、亮灯、关门并传来轻轻的说话声，想必是在嘘寒问暖吧。

我们三个满脸沮丧，饥肠辘辘且不说，走这样的山路我们都没有经验，更不要说在夜间了，明亮的月光也照不清我们的归途。在我们的眼中，村庄、田埂、冲坳与高岗都是一样的，走进一个村庄，引得一阵狗吠，小心地绕过去却发现又回到了原点。好不容易摸出去，可经过另一个村庄时又像进了迷宫，怎么也转不出来。山区的村落不似平原地带，一排排、一行行，房舍建筑毫无章法，排水沟、粪坑、柴垛、猪圈、狗棚也杂乱无章地分布着。

摸索中，东就掉进了粪坑，当我们把他拖上来时，他的膝盖以下已臭不可闻。他一屁股瘫在地上，怎么也不愿再走了，说等到天亮再走。初冬的山村，夜晚是很冷的，我们没有勇气敲门进人家，况且深更半夜，人家未必能让进呢。我们找到一幢刚盖好的草房，门还没有装，里面有一堆柴火和几捆干草，可能是盖房时剩下的。我们把柴堆摊平再铺上干草，权当床铺，躺下后再盖上剩余的干草。尽管卧薪的滋味很不好受，但毕竟室内要暖和得多，还能睡上一会儿，比在外面瞎转要舒心许多。

山里的鸡和山里的人一样勤劳，凌晨四点刚过就开始打鸣，一鸡领唱百鸡和，声音此起彼伏，远近相闻，让人无法再入睡。东方也已泛白，不远处还传来说话声。我们赶紧跑过去问路，问去聚新街怎么走。正好他们是上街赶早集的。"跟着我们走好了。"我们跟在后面像一群跟班。大约一个小时后，终于又回到昨晚的石子路上。楼走在最前面，仍然精力充沛。我走在中间，感到很饿也很困。东在后面，慢慢腾腾，像蚂蚁在爬。

一个拐弯后，我们居然看不到东了，折回头才发现他倒在路边的草地上睡着了。二竿高的太阳暖洋洋地照在他熟睡的脸上，我们不忍心喊他，就在一旁等着他醒来。就这样走走停停，快吃中饭时我们才回到学校，一进教室就有同学传话说"到班主任老师那里去一下"。我自以为做了件大好事，正美滋滋地期待着老师的表扬呢，便三两步来到柱老师的宿舍，可我收获了一顿劈头盖脸的批评。原来，昨晚先生到教室检查晚自习时发现了三个空位，得知我们不辞而别时已非常恼怒，又听说我们还带了把三角刀，更是焦急万分，立马叫来汪同学，俩人骑着一辆自行车就上路了。可不承想在磨墩水库大坝上，一块大石头掀翻了人和车。车坏了，人也伤了，他俩只得推车往回走。当然，柱老师生气并非因为他摔倒，而是因为他对我们的关心，不光是学习上的，也有安全上的。

　　回教室的路上，我思考着好与坏的问题。有时好与坏之间只隔着一张纸，超过一定限度，两者往往会相互转换。

远　行

　　从老家廖渡到合肥的距离，几百年来没有加长，也没有缩短，只是从桃溪到合肥的路宽了许多。从廖渡到桃溪的路也由羊肠小道变成沿凤落河（即今天的丰乐河）堤的水泥路，起点没有变，终点也没有变，但我的心理距离缩短了许多。

　　过去从家去合肥，像去天边，不仅恐慌于那遥远的路途，更心慌于那大城市的喧闹与威严。而现在，无论是从合肥回廖渡，还是从廖渡去合肥，都像去自家的后院般从容与便捷。推开门，迈开脚，揪把青菜就回到厨房。

　　大城市的威严似乎也由于日渐增高的混凝土丛林而饱受争议，而那被人抛弃的农田及鸡屎遍地的农家小院却受到与日俱增的尊重。

　　1977年的那个冬天，不知什么原因，我就有了去远方的冲动，去合肥，去省会，去大都市，去那繁华的地方看看是怎么回事。

　　同班的稳同学支持我的想法，他说他的姑姑在合肥，他可以与我同行，但路费我们要自己出。远行的冲动让我们开动脑筋，母亲塞在墙缝里的鸡肫皮、牙膏皮，父亲放在门拐里的旧铁锹头，还有队里烂掉的旧犁耳，都被我偷来。我用化肥袋装好，趁大人不注意的时候拿到袁店老街的店铺里卖掉，一共换了两块七毛五分钱。稳同学家里在桃溪开早点摊，搞钱比我容易多了，也搞得多，他有六块多钱。

从家里到桃溪是步行的，经过龙潭河上的最后一座桥就到了桃溪，但我们舍不得掏钱坐车，好在209国道上拖拉机很多。那时的拖拉机手都是"大牛"，没有关系是开不上拖拉机的。而且当时在农村，拖拉机也算是最"过劲"（好）的交通工具了，相当于现在的豪车。

我们商量扒车，省点钱，到了城里用钱的地方多着呢。但拖拉机手都很轴，一看到路边有人有扒车的企图便加速行驶，不给你机会，有时还开出"S"形路线，让人望而却步。

扒拖拉机也有技巧。从后面扒，危险小些，但速度跟不上；从侧面车厢扒，容易抓住车厢板，但有危险，且脚没有支点；从车头与车厢连接的三脚架上扒，容易得多，但危险也最大。

一辆拖拉机来了，我俩从侧面跑过去，那司机照例加速并开出"S"形，我还是一跃而上，站在了三脚架上。而稳同学个小，胆更小，从后面怎么也够不上车厢板。无奈，我又跳了下去。

我们总结经验教训，决定下次两人同时从后面扒。

又一辆拖拉机来了，不紧不慢。我俩蹲在路边的大树下面，背对着路装着聊天的样子。显然，那司机没有警觉，仍是晃晃悠悠地开着。当司机的目光转到了看不到我们的角度时，我们一跃而起，以最快的速度冲到车厢后挡板边。我双手抓住车厢板，双脚跟跑了几步便腾空收起，一个转身翻到车厢里。

稳同学还在挣扎着，我爬起来，双手抓住稳的一只手，狠命地拖着，心里想着一定要成功。终于，他的身体也在车厢里了。这时那司机发现了，加快速度开着"S"形，但为时已晚。司机边上坐着的那个人还冲着我俩笑，像是在鼓励，又像是在责备，太危险了。

那个冬天很冷，能冻掉耳朵的那种干冷。但大人们常说：孩子的屁股有把火。是的，此刻这句话就成了动力，因为，我们的屁股有火。

虽迎着寒风，可我们不觉得冷，甚至有种快感，像考试考了一百分一样自豪。我们双手抓着车厢的前栏杆，目视一排排向身后退去的大树，有一种将军检阅部队的感觉，很是威风。

可好景不长，刚过四合乡，在水库大坝下的那个上坡路段，车突然就熄火了。我俩吓得要死，以为司机要赶我们下车，心里盘算着打死都不下车，好不容易才扒上来的。

司机走下车，并没有赶我们下车的意思，而是绕着车头转了几圈，又上车启动了一下，只见那车头抖动几下又熄火了，原来车出故障了。司机就冲着我们喊："下来推车。"

下车后，司机让我们找块石头把车后轮给抵住，他把三脚架放了下来。司机扶着方向盘，我们三人就在后面推着车往前使劲，已有好几下"突突突"的声响了，可又一下子熄火了。一而再，再而三，重复了好几次，那司机就不断地喊："快点，再快点，差不多了，要把吃奶的力气用上啊。"我们真的把吃奶的力气都用上了，汗都出来了。终于，"突突突"的声响没有停下来，打着火了。

我们再次站在车厢里的时候，心里感觉和第一次完全不一样。身子热了不说，那偷偷摸摸的意思没有了，很是光明正大，因为这辆车的开动有我们的功劳。于是，我们头抬得更高一些，脖子也挺得更直一些，更不觉得冷了。

到南七的砖窑厂时，车又停下了，这次是到站了，天也快黑了。我俩继续赶路，边走边问，公交车一辆辆从身边闪过。我们没有坐车的想法，一是不知坐哪路车，二是也不想多花钱。

天完全黑下来了，路灯也全亮了，漆黑的夜被灯光照得通明，在农村生活十几年，没有见过这样的阵势。我们兴奋着，就这么不知疲倦地走着。两个多小时后，我们终于来到宁国路81号，稳同学姑姑的家。

稳同学的姑姑一见我们，先是大吃一惊，这么晚了两个孩子怎么跑过来了？接着就热情地张罗着饭菜。

姑姑家有两间房，里面一间被隔成两个卧室，外面一间是客厅与厨房。姑姑做菜时，我就在旁边看着。城里人做饭显然与我们家不同，烧饭的锅那么小，不像在农村，不是牛二锅就是牛三锅，有的大户人家还用牛一锅做饭。

农村的锅大，柴火又有限，很少炒菜，基本都是烀菜或是蒸菜，做出的菜看着像剩菜，也没嚼劲，不筋道。姑姑家的菜都是小锅炒的，色鲜味脆，口感很好。

这是我人生中第一次在城里吃饭，那吃相一定是难看的，不懂城里的规矩，而且已是饥饿难耐，用"狼吞虎咽"形容应是比较恰当。姑姑就坐在边上看我俩吃，一脸微笑。我知道那笑容里藏了太多对农村人粗陋的包涵。

次日早饭后，我们便迫不及待地走了出去。宁国路，一条不到两公里长的街道，两边的房屋与农村的差不多，不同的是墙为夯土墙，屋面铺的不是稻草而是荒草。街的两边，两排房子的大门相对而开，一排门朝东，一排门朝西。冬天晒太阳时，上午，邻居们把椅子搬到西边那排房子前，一字排开，聊天闲谈；下午，又都把椅子搬到东边那排房子前。

那时的宁国路还是石子路面，又旧又脏，但这是城市，即便脏且旧，也是洁与新。街上有个公共厕所，一大早上就有男男女女出入，当然女人居多，拎着做工精细的各类木制尿桶与屎桶往厕所里倒。

那时的宁国路没有下水道，街面比家里的地面高。所以，家家户户的门口都有一个小坝，下雨天挡水用的。

没走几步路就到了宁国路尽头。接着是芜湖路，那场景就完全不一样了，车很多，特别是两边那高大的法国梧桐树，遮天蔽日。但更让我感兴趣的是地上的废铁，有钢锯条、螺丝钉、各类不规则的铁片。我们向东走，一路走一路捡着放进口袋里，去供销社里卖，好几分钱一斤呢。几条街走下来我们捡了两斤多铁，还看到一个骑自行车捡铁的人。那真是奇思妙想，他把几块磁铁绑在木条上，木条上再拴着绳子，自行车就拖着木条顺着地面吸附废铁。

到淝河时，正在清淤，河水快见底了，河里好多人在抓鱼。我们太激动了，干这种活城里人不行，我们没有多想就卷起裤脚下去了。

那时的淝河水很清，河里有些枯萎的水草，两岸也都是土坡，坡上泛着冬天的枯黄，但仍感到有些活力。不像现在的淝河，石头护着坡，一点诗意与生机都没有，看着让人闹心。

城里的河与农村的河并无二致，但毕竟是城里的河，河床里的东西要丰富得多。我们在河里除了抓到鱼，还捞到许多有用的东西，比如一条小板凳、一把菜刀、一把剪刀，还有硬币，都是几分的那种。

城里人逮鱼显然不得要领，跟着一条鱼跑了半天还是弄不到手，有的用手捧，有的还举着石头去砸。一块石头下水，水花并泥浆四溅，那人的脸都成了花脸。鱼呢，优游自得地在他的身边转来转去，有点戏弄的意思。那人火了，用力更大了，水花也更大了，鱼呢，仍在水里招摇。

抓不同的鱼要用不同的方法：比较大的鱼一定要轻手轻脚地靠近，然后突然用双手死死地把它摁在泥里，让它不能动，然后再摸索到鳃的部位，抠住，紧紧地抠住就可以了，不会失手；而小鱼呢，也是轻轻靠近，两手分别从头尾下手，一抓一个准。

城里人不光不会逮鱼，由于没干过农活，双脚站在水里往往平衡感不好，在水里行走像只跛脚的鸭子，一歪一歪的，想想看，鱼还会等你不成？

一晃已是黄昏，我们折了柳条枝，从鱼鳃处把鱼穿起来，有鲫鱼、鲦鱼、草鱼。经过城里大人的身边时，我们矮小的身子挺得笔直，小小的头也仰得很高，那一连串羡慕的眼神让我们的自卑感减少了不少，只是苦了双腿与双脚冻得由红变紫。

野生鱼真香，姑姑的手艺当然也很好，那鱼香就成了宁国路那晚的鲜香。

晚饭后我们沿芜湖路走到金寨路，最后来到四牌楼。四牌楼真高，那高大的形象让我多少年后都感到四牌楼是最高的楼，是的，第一印象真的很重要。

这是当时合肥市最热闹的地方，也是安徽省最繁华的地方。商店鳞次栉比，商品琳琅满目，口袋里的钱不够买任何一件像样的商品，除了几粒扣子，但这并不影响我们的兴致。从一个店逛到另一个店，营业员对乡下人那种不屑一顾的神情钻进了我的每一根神经里，但我只是来看看，别人的态度和眼神都不曾影响我的心情。

最让我心动的仍是大街上的灯光，那街灯发出的黄色的光，把黑夜的路照得通亮。这是我人生中第一次见到大面积的非自然光。尽管初中物理已讲到非自然光的成因是电，但真正搞清楚是怎么回事，还是在我上了高中之后。

但光的吸引力，像磁铁，像风洞，难以抗拒，进而使我生发对城市的无限向往，这种向往并不仅仅因为物质，还因为光。

夜晚这么亮，而且亮到每一个角落。在农村，在没有明月的夜晚，到处都是漆黑的。每一个门洞里只有如豆的灯光，人生四分之一的时间，都是在那如豆的灯光下度过的。光便成了农村与城市的第一道显而易见的鸿沟。

光不仅给人带来方便，而且带来希望。有了光明就有了希望，农村后来正是因为有了电，有了光，才渐渐变得美好而富裕起来。

三天一晃而过，从虚幻般的合肥回到现实中的廖渡，那硬邦邦的柏油路只存在于大脑之中，而眼前尽是软溜溜的农田。夜晚坐在如豆的灯光之下，我的眼睛里全是那城市中通亮的光，心里就一遍遍地思索着城市的好，偶尔也会有走进城市的想法，但很快就安慰自己，这是相当没有根据的想法，但常常还是会偷偷地想一下。

这种偷偷的想法在一项制度出台后变成了动力，一种强大的动力推动着一个渺茫的希望，在农村的田地里匍匐前行。

远行源于好奇，是一种向往，更是一种动力。读万卷书，行万里路，大概就是这个意思吧。

父亲的上学路

　　我的父亲，没上过一天学，除了会写自己的名字，只认识二十多个字，这些字是他七十岁以后学的。因为，这二十多个字是去银行存取款常用的字。

　　父亲没上学是因为家里穷，穷则是因为父亲的父亲是个败家的主儿。当然，也不能完全怪父亲的父亲。因为，父亲的祖父就开始败家，整日穿一袭长衫在村子里晃来晃去，一辈子没干过农活，全活在祖先的庇荫里。我的祖父极似余华《活着》里的福贵。当然，他比福贵所受的苦难要少很多，但结局是相似的。那就是新中国成立后划分成分时，由于家财耗尽，他们都成了贫下中农。

　　父亲没上过学，可父亲去过很多学校。我上过的学校，他都去过。而我上过的学校也实在是太多了，几乎读一个年级换一所学校。小学上过四个学校，初中、高中、大学也都分别上过三个学校。从小学到大学，我的上学路就是父亲的上学路，只是行走的次数少些而已。

　　我上小学时，学校就在家门口，从一个农户家的厅屋转到另一个农户家的厅屋，再从一个生产队转到另一个生产队，直到后来大队盖了学校才有了固定的校舍——廖渡小学。

　　每换一个学校，父亲都会出现在新学校的第一次课堂上，常弄得我不知所措。看我坐在哪一排，看看我的泥课桌铺得是否光滑，还要与老师套套近乎。一方面了解我的学习情况，另一方面也希望老师多给点关照。当然，有时他去学校也与我无关，通常那种情况就是他代表贫下中农管理学校。

每次新学期上课时，都要举行一个仪式，全校师生集中站在一块开阔的地上，而大队干部、校长与贫下中农代表端坐在报告台上。轮到父亲发言时，他首先会清清嗓门，然后就开始滔滔不绝、口若悬河，一会儿说点大道理，一会儿又说点小知识，没有人会相信他斗大的字不识一筐。

由于他是党员，又是队长，还是贫下中农学生家长的代表，上初中时我自然就是公办生。那时我们班近一半同学是民办生，我也弄不懂民办生与公办生有什么区别。恢复高考以后，这种"身份论"更加稀里糊涂地成为一段模糊的历史。

父亲与老师套近乎，我并不反对。因为这样我常能得到一些好处，得到老师更多的关注。比如为老师跑跑腿，就是件十分风光的事。但他经常请老师来家里吃饭，我就很不情愿。不是出于小气，主要是三杯两盏淡酒下肚后，在父亲的引导下，那老师就会把我在学校干的"好事"竹筒倒豆般倒得一干二净，比如给女同学送小手巾啦，经常旷课啦，偷瓜摸枣啦。

我总结过，几乎每次老师来家吃饭，老师一走父亲便对我一顿猛批。其实，被猛批并不可怕，说几句狠话，我不顶嘴就算过了。但可怕的是，他和我讲道理，做思想工作，听他那一套套的说教，我真想往地缝里钻。他开讲时，我要装作很认真地听，还要装作理解了的样子，面部表情要跟着他语言的节奏而变化。当然，更要有悔改的表情。

说教固然比猛批可怕，但还有更严重的事，那就是老师酒醉了，回不了家，在我家留宿，这意味着我要和老师"捣腿"。一个学生，一个调皮捣蛋的学生要和他的老师睡一张床，那是什么样的感觉啊？听起来都让人觉得恐怖。那样的夜里我就这么僵着，不敢伸腿，也不敢翻身，有点像坐牢。

我初二、初三就读的学校离家远了许多，父亲坚持每学期去两三次，每次都是突然袭击。有时我正上课，他就偷偷地站在教室的后门伸头往里张望，寻找我的方位，观察我的状态，好几次都弄得上课的老师中断了讲课。

我上高中时父亲去学校的次数相对少些，但每次都惊心动魄。第一次去是逮我回家种田，原因是他让我初三复读一年直接考中专。中专毕业生也有城市户口啊，也是铁饭碗啊，也了不得啊，他常这么劝告我。我不想上中专，可又拗不过他。我口头上答应去初三再读一年，但我在9月1日那天还是偷偷地把档案提到山南中学上了高中。不料两个月以后还是走漏了风声。

记得那是一个深秋的下午，已放学了，父亲怒气冲冲地跑到学校要逮我回家种田，他认为我太过任性，而且也认为考大学几乎就是个没有结果的梦。到了学校大门口问人时，他却碰到我的班主任柱老师。柱老师问明情况后热情招待父亲并解释说我上高中是对的，我成绩很不错，考大学很有希望。父亲向来尊重老师的意见，第一次风波就这样轻松化解了。

第二次是因为恋爱的事。那个时代，男女同学间多说几句话都会有非议。况且，我和我的同桌常在一起瞎逛，那风声传遍了学校，也传到了村庄。父亲接受不了，这次他是轻车熟路，直接走进教室里。我正在写作业，他一把揪住我说："走，回家，别念了，没希望！"那严厉的神情容不得我解释、争辩半句。走到学校大门口时碰到表弟，父亲让他把我的被子扛回家。一路上，父亲一声不吭，只发出很重的喘气声，看来真的是气坏了。

晚自习的时候，柱老师看我不在班上，便问："人呢？"表弟说被我爸逮回家了。第二天上午，柱老师连课都没上，步行二十多里路来到我家。吃午饭时，父亲热情接待，宰鸡杀鸭，显出尊师重教。酒过三巡之后，柱老师提出让我回校的事，父亲一口回绝，并说明了理由，说是家里缺劳力，经济也跟不上，更重要的是对象都说好了，不能反悔的，准备春节一过就结婚。

好在柱老师是语文老师，那一番"讲功"也是顶呱呱的，几杯酒下去，父亲的口气就有了松动。柱老师见缝插针，让我当场写下"不再恋爱"的保证书，柱老师做担保人。就这样，那个下午柱老师领着我回了学校。

后来我在花岗中学的时候，父亲在农闲时也去了几次。同样的套路，从教室后门往里张望，寻我的方位，观察动静。不过，加了一项新内容，就是打听我在学校有没有"绯闻"。

父亲每次去学校也不光是刺探信息，还会带上吃的，不会空手而来。每每家里做了好吃的东西，父亲便会去一次学校。比如，家里杀鹅了，他一定会跑几十公里送一大缸母亲烧好的鹅杂到学校；家里杀猪了，他更是要送好多猪脚烧黄豆。

有一年冬季，父亲照例去了学校，我却已从花岗中学去了风火寺中学，父亲很恼火。更让他生气的是，同学报告说我和一个女同学"私奔"了，去了哪里不知道。父亲呆立了一会儿，转身离开了。走到马路边的水沟旁，他一怒之下，把一大缸肉烧菜倒进了水沟里。后经多方打听，他知道我去了风火寺中学。

尽管心里火大得都要烧了他的头发，但他没有像以前那样直接去学校逮人，他想了想，找到了我的恩师铭去商量。他倾诉完了他的愤怒之后，又加了一句，这次到学校，一定揍我一顿之后拖我回家种田。理由很简单，这么不着边际，是不可能考取大学的。可恩师表达了不同的观点，他说风火寺是六安地区的重点中学，能在那里上学，说明我的成绩很不错，否则，学校都不会收的。而且，高考临近，不能出乱子，思想要稳定，不但不能闹矛盾，而且还要安抚我。恩师的话对父亲往往是有很大作用的，他听进去了。

那次，我们正在上课，那么大的学校，他居然一下就出现在教室的后门那里，我正坐在最后一排。他的表情看上去很平和，脸上也没有愤怒的神色。但我心里还是七上八下的，因为我是偷偷来风火寺中学的，没有与他商量，当然，我的上学路也从来没有和他商量过。

下课了，我跟在他后面来到校园里一个安静的地方。停下来后，他一直盯着我看，一言不发，我的心里更加发毛。父亲怒发冲冠时九头牛都拉不回来，他曾经扎鹅头的场面又一次出现在我的脑海里。

我知道，此时，他正在抑制自己的情绪。尽管接受了恩师的建议，但一见面仍有许多怒气想要发出来的，又怕影响到我，此刻他正处于憋着的状态。

上课铃响了，父亲仍一声不吭，只是表情看上去比一开始要轻松了一些。他一只手在大口袋里摸索了半天，掏出一把毛票子，往我手里一塞，说："一共五块钱，拿着吧！""我有钱，借的。"我说道。他硬是塞进了我的口袋，我掏出来一看，有一毛的，有五毛的，还有一块的。我留下两块钱，把余下的放回他手里，说道："这三块钱去补个牙吧，你的门牙都掉了，不补上，以后其他牙掉得更快。"

我快到教室门口的时候，回头看父亲仍站在原地，还没有转身离开的意思，我知道他正在舒缓他那复杂的情绪。后来，直到我大学都毕业了，他的牙齿仍然"门户洞开"。

父亲最后一次去中学，是高考分数下来的时候。父亲坚持和我一道去学校查分数，这次我很有把握，这是一个关乎一生命运的时刻，不！是关乎一个家庭命运的时刻。他的心思我明白，他要亲眼见证这个重要的时刻。分数条拿到了，486分，超本科线18分，是一个可以端上铁饭碗的分数。我看到父亲的手有些颤动，眼里也有些泪花。

我们这对父子，像猫与老鼠，也像警察与小偷一样，周旋了这么多年，那天终于有了最好的结果。那晚我们是醉了之后才深一脚浅一脚地回到家的。

我上大学后，父亲仍然坚持每年去学校一次。但那已不是盯梢，而是一种享受，一种招摇，更多的可能是一种习惯吧。因为，我的上学路就是父亲的上学路，我的学习与生活，他也是要知道的。尽管我已是大学生了，可大学生又怎么样？大学生就不要贫下中农监督了？当然，我更习惯于我的上学路上有父亲同行。

今天，我已藏书十万，也可说学富"几"车了。而我的父亲除了那二十几个字外，可以说还是目不识丁，但他的智慧一点也不比我逊色。是啊，知识与智慧是有距离的。知识是显性的，智慧则是隐性的，知识不等于智慧，而智慧往往比知识更重要。

种田那一年

中考的成绩出来了，我在学校查了分——167分，离高中录取线还差3分，但我没有一点沮丧，反而可以说是一身轻松，把从学校拿回来的煤油灯往大桌上一放。

"回来种田了。"我说。

"复读一年吧。"父亲说。

"不读了，太费劲。"我说。

父亲不吭声，点着一支"丰收牌"香烟，这烟又叫"老九分"，因为是九分钱一盒。烟比平时抽得快也抽得猛，这烟里有他的思量，有他的心情，但我全然不知。

我一身轻松，晃来晃去，心里美滋滋地想着：再也不要被彬老师逼着背《卖油翁》了，再也不要听安老师的骂娘声了，再也不要听荣校长"来呀来呀"的教诲声了。我现在有新的人生了，要与农田、与鸡鸭为伍了，要在农村广阔的天地里大有作为了，可以有更多的时间接受贫下中农再教育了。

尽管分田到户了，但农村仍然存在吃饭问题，尤其是在青黄不接的春天。但农村的贫富差距开始拉大，贫穷不再光荣，贫者开始自卑了。

中午喝稀饭的家庭，都是关着门的，而吃干饭的人家，都门洞大开。谁家要是碗里有肉，那一定会端着碗从庄子的西头跑到东头，碗头上顶着一块肉，净去人多的地方。那时人质朴，连炫富也这么赤裸裸的，不讲艺术。

说真的，我对种田不排斥，甚至有些向往，这可能与做学生时放假回家在生产队干活有关。那时我已经可以一天挣五工分，后来又涨到一天七工分，和生产队的妇女一个标准。

在生产队干活，不仅不累且快乐，因为人多，几十号人一起开工，一起收工，一起刮渣，一起薅草，一起插秧，有说有笑，讲着荤素段子，大家差不多一半时间在劳作，另一半时间在"呱蛋"（聊天）。那个时候真正是穷并快乐着。

我家有7.5亩田，有近的、远的，有肥沃的，也有贫瘠的，好在父亲当了很多年的生产队队长，对每一块地的品性、特点都很清楚，这对种田很有帮助。

种自家的田与种生产队的田完全不是一个概念，而且，当贫者自卑代替穷者光荣后，每家每户都竭尽全力，起早贪黑，几乎想要把头拱在土里。收获财富是一个方面，另一方面是怕落后，怕被人笑话穷，这可能比财富本身更重要。

父亲对土地爱得深沉，多年的生产管理经验又使他养成了追求完美的性格，生活上他可以宽容，唯对农事极其严谨，也可以说是苛刻——埂要铲得光，田要整得平，渣要刮得细，秧要插得直，粪要沤得臭。

对于父亲种田的要诀，一部分我是认同的，但更多的是不能苟同的。就那么一大块农田而言，人力微弱，我认为大可不必那么计较，能打粮食就可以了。种田不是绣花，也不是书法。可父亲不这么看，他时常用过去种田的例子来引导我们。

随着时间的推移，我和父亲的冲突越来越多，他以为父之尊、农活经验丰富为由来训诫我，而我则以"科学种田"为由与他"对垒"，谁也说服不了谁。

　　后来在母亲的调停下，我们对家里的农活做了分工：我与两个妹妹为一组，干需要动手快的活计，比如插秧、割稻、刮渣、薅草、车水；父亲与母亲干力量与技术型的活计，比如拔秧、挑稻把、犁地耖田、打场、施肥等。这一分工还真就让我们相安无事好长一段时间，互相都尽量不苛求对方，尤其是父亲保持了极大的克制与宽容。

　　但遇到重大的观点不同时，我们也会产生严重的冲突。有一次，父亲带母亲去舒城医院看病，临行前整理好了沟东五斗一块 2.5 亩的田块，我和两个妹妹的任务是插秧。

　　我们大约上午八点下田，下午两点不到就插完了。回家吃完饭后都在酣睡时，突然间听到父亲的咆哮声，声音很大，蒙眬中他从前屋跑到后屋，再跑回前屋。过一会儿，他又跑到后屋，我正在睡觉，蒙眬中感觉到他用一根棍子挑开了蚊帐。我感到事态严重，就极力装睡，紧闭着眼，一动不动。

　　他停了几秒又转身离开，骂声终于停了。我悄悄地爬起来，轻轻走到前屋看个究竟。父亲蹲在门口，手中点着一支"老九分"，烟灰很长，但他没有弹，也没有吸，而是任由烟燃烧着，看上去气得不轻。母亲见我出来，赶快示意我回去，否则要挨揍。

　　我转身回后屋时，听到父亲在自言自语："小五斗废了，要重新栽。"原来，我们回家后，突降大暴雨，田水猛涨，秧苗又深，而且我们也确实栽得比较稀，再经大风一吹，田里看上去就像一片白茫茫的水泽。借用父亲夸张的说法——相邻的两棵秧之间有 1 米多远。

　　由于母亲的周旋，加上我们坚决抵制，最终小五斗没有重栽，但那一年沟东五斗的收成是有史以来最高的，原因就在于田肥苗稀稻穗长。从此以后，父亲在宣扬他的老经验时就收敛了很多，我们关于农作物管理的话语权也大了很多。

　　随着时间的流逝，我们的分工界限开始模糊，我也要学习更多的技术型活计，最初学的是犁田、耖田与耙田。犁田时，难度最大的就是走直线，初学时犁出来的田沟像一条蚯蚓；再者就是端不平，那犁梢的力度把握不好。要不犁头扎得太深，牛根本拉不动，牛就站在那里不动，回头看着我，意思像是在说：你行不行啊？要不就是犁扎得太浅，犁会跑上来。但不仅是因为犁梢把握不好，也有不会吆喝的原因。犁田时，人要发出很多指令，牛听得懂就配合默契，而我一句也不会，只知用鞭子，那牛也就无所适从了。

耖田相对简单一点，两手扶着耖，深浅容易掌握。耙田就更简单一点，耙很长，人是站在耙上的，一手牵着牛绳，一手握着鞭子，田里水较深时，牛拉得轻松，人站在上面有种坐车的感觉，也很威风，但有时危险也大。有一次我在耙田，不知为什么那牛就惊了，突然狠命地在田里跑。我先是一仰，本能地调整身体，却一下子掉到耙的两个大梁之间。我两腿的膝盖以下已被压在耙下面，屁股坐在耙的横梁上，而牛还在田里跑，好在牛到埂边时就停了下来。这时隔壁田里的人跑过来，抬起耙，解放了我的双腿。幸运的是，我的两个小腿恰好被夹在耙的两齿之间，没有受伤。

所有的农事中，"双抢"是最艰苦的。"双抢"即抢收抢种。我们圩区田少，要想多收，复种指数就要高，一年要种三季作物，秋天种油菜，春天收割油菜后要种早稻，夏天收获了早稻后就要快速种下晚稻，都是为了赶季节。否则，种晚了，天气凉了，那晚稻的收成就不好，甚至没有收成，所以，在一年中最热的季节抢收早稻和抢种晚稻，前后就要半个月的时间。那时天最热，活最重，蚊虫最多。特别是晚上拔秧和起早犁田时，田水正好没过小腿，那膝盖后弯处全是蚊子，用手一拍全是血，蚊子真是聪明。

也就是在我种田的那一年，薄荷油突然吃香起来，全村都在种植，说是薄荷油出口价格高，能赚钱。父亲一向只钟情于庄稼，但经济作物的魔力实在太强大，而且总在田里刨吃的也不是办法。立秋已过半个月，禾苗正苗壮成长，一片青乌，可父亲经过一天一夜的思想斗争后，还是决定把茅厕小田的秧苗拔掉改种薄荷。禾苗已经扎根了，拔起来很是费力，拔完后再犁一遍，并刮渣，才能栽薄荷。

此时，周边的农田早已一片安宁，禾苗在静静地生长。为了尽可能地赶时间，我们晚上也在田里劳作。四周的蚊虫全赶过来了，每栽一棵苗就要用手打一次，每次都能打出血来，被咬的主要是脸、手和腿，蚊虫赶不尽，也拍不绝。

对于栽薄荷这个决定，家中每个人的心里都没有底，特别是父亲。我们在劳作的同时心里都有抱怨，包括父亲。我们抱怨的是父亲的决定，但不知父亲在抱怨谁。他自己可能也不清楚在抱怨谁，但我们知道他一定是在抱怨。

突然一束手电筒的光照过来，原来是小表叔路过这里。他是个铁匠，一个带过队伍，铸过犁头和犁耳的铁匠，说起话来也像在打铁。他一边说着薄荷的事，一边用手电筒照着我的脸说："表侄啊，你就一辈子耗在田里啊？"

他走了，田里一片寂静，谁也不再说话。终于完工了，我们回家吃晚饭。就在那个晚上，那个灯光昏暗的晚上，我端着一碗像"洪湖水浪打浪"一样的稀饭，对父亲说："我要读书。"

父亲一点也不吃惊，头都没有抬起来，只是非常轻地说了一句："想通了？"说得非常随意，似乎没有经过任何考虑。

我说："想通了，农田里刨不出道路。"

第三天，他带我见了我的恩师大表叔——一个曾经的"右派"、一个物理老师、一个"处级"老百姓。过了几天，我终于又坐在教室里，背着《卖油翁》，听着英语老师的骂声和校长的唠叨，想着种田的种种不是，也思忖着读书这条可能是唯一的路。

第二辑　故乡的雨

分粮之夜

在农业经济占主导地位的农村，自给自足是一种常态，粮食除了食用，还是一个家庭的经济来源。粮食便是命，是生活的全部基础，是肚皮最欢迎东西。不管是早稻还是晚稻，也不管是精米还是糙米，只要能在胃里生成能量，能撑起那一个个大大的皮囊，人们都不会嫌弃。谁家有粮食，谁家就是快乐的。

一年辛勤的劳作之后，最欢悦的时刻便是分粮那晚，为什么要趁夜色分粮？大人们都不会明白地说出来。我曾多次问我爸，为什么不能在白天分粮呢？他每次都是笑而不答。

晚上分粮确有许多不方便，黑灯瞎火的。尽管有的人家有马灯，但多数情况下都是在摸黑，摸着黑挑着两大箩筐的稻子，从生产队送到每一家的稻棵子边。这段路其实不容易走，那田埂很窄，两边的作物还要调皮地阻挡一下。特别是塘坝，只有一步之宽，漆黑的夜里，对面来人只能快碰上时才看得见。于是，每个人都小心翼翼，背贴着背换位转身才能走过去。

到了家里也并不顺利，每家都只点一盏灯，而且只会放在储存稻子的那一间里，其他屋子仍要摸黑通过。时不时就有人一脚踢到大板凳上，"哎呀"一声，但并不会停下来。直到把稻箩筐高高举过头顶，把稻子倒进稻棵子里，那人才会弯下腰揉揉那条被撞的腿。

71

尽管摸黑分稻十分麻烦，但一想到那薄如蝉翼的肚皮，没有一个人是抱怨的。其实，稻子不仅对肚皮很重要，也是一户人家一年的生计所在，是延续生命的力量，是一个体面门庭的基础。

一个阳光充足的下午，微风之下，几把扬锨扬着全队人的收获，杂芜去尽便是那黄灿灿的谷子，像黄金一样扎眼，更让邻队人眼红。

山一样高的谷堆，分多少是要商量的，但最终还是生产队队长说了算。一般一次分掉一半，剩下的都藏着，找机会再分。

丰收是件快乐的事，但丰收后分粮却是令人头痛的事。上面盯着，邻队也盯着，而队里也有人盯着，分多了粮食，有人会偷偷去汇报。所以，考验队长的不仅是生产管理能力，还有分粮的智慧。倘若分多了被告密了，那就要退粮。在食不果腹的年代，到家的粮食再往回退，那种揪心的事，谁都接受不了，但现实中却时常发生。

我们队长的分粮智慧，总结为四个字就是"化整为零"。每个人都盘算着自家能分到多少，有的不会算账的人家还请队里的会计帮着算一下，那迫不及待的心情，写在每个人的脸上。但队长有自己的想法与安排，那就是先分基本口粮，这部分是固定的，再化整为零，如同蚂蚁搬家。

丰收之年，各家分了基本口粮后，那稻谷堆仍然太大，没办法放到仓库里，就放在场地上。分完一批后，盖上草灰印。一个木盒子，上面是活动的盖子，底部的板上镂刻出"鲍庄粮食"四个字，里面再放上稻草灰，这就是草灰印。沿着圆锥形的稻谷堆，在底部、中部各印上一圈"鲍庄粮食"四个字，就形成两条带子，锁着这个稻谷堆，再用稻草盖上，队员每夜轮流值守。每天早晨，队长都要来亲自揭开稻草看看那几个字还在不在。若不在了，就说明有人偷了稻子。即便在饥饿的年代，这样的事也没发生过。

队员的心就一直念挂在那稻谷之上，而那稻谷却安心待在稻草下，像准备出阁的新娘一样静静地等待着，丝毫不张扬。分粮一般会选在一个月色不太亮的夜晚，白天先算好这次每家分多少，待黑夜来临，分粮开始，那上小下大的圆木斗，在一阵阵的刮粮声中上下翻飞，一担担的稻谷就流进社员的家里，笑容堆在大家脸上，更堆在大家心里。

第一次分粮后要停一段时间——一般会隔一两个月再分。一是听听外面的动静，看看是否有人去告密；二是实施化整为零的战术，不能一次分太多。夜幕下分粮之景便由此形成。

分粮之夜是快乐且热火朝天的。男人们一人一副篾箩担子，一家一户地送粮。女人们在家里拿东拿西，稻谷进家时，还要持灯向导，把一箩箩稻谷引入那巨大的稻仓里。一有空闲，女人就钻入厨房，红红的稻草火燃烧在每家灶台的洞里，也映红了女人的脸，像那天边的彩霞。

分粮之夜，厨房是另一个主场。一年中，分粮之夜无形中成了一个节日，不同的是，这个节庆只在夜幕时分上演。

分粮之夜，小孩子们更是异常兴奋。尽管他们还不懂这一箩箩稻谷对一家生计的全部意义，但只要黑夜里还点着灯火，孩子们就有足够的理由上蹿下跳了。他们一会儿跑到谷场上，一会儿又跟着大人们挨家挨户地去送粮，这时就不断传出大人们的呵斥声。

当最后一批粮食送到最后一户人家时，差不多每家门口都会飘出咸肉的香味，有的是咸鸭子香，有的是咸猪肉香。此时，孩子们都聚到自家的灶台边，守在母亲的身旁，央求着先尝一块咸肉，央求声之后一般都会传出"啪"的一巴掌打在屁股上的声音，后面跟着母亲喊出的一句话："你爸还没吃呢！"

分粮终于结束了。场地、田埂、水塘都静得只剩下鱼、鳖的游水声及蛙鸣虫叫声，还有微风吹拂田草的沙沙声。每家每户的大桌子边就热闹起来，昏暗的灯光只能照亮桌面连同桌上的几个菜，一家人的脸都是模糊的，但这丝毫不影响那低调的快乐。每户人家的大门都虚掩着，交

73

流声也很小，极似窃窃私语，大人、小孩似乎都懂得这夜幕下的秘密。尽管这会儿深更半夜不会有人来溜墙根，但大家还是不动声色统一地低调着。

人人都懂得，这些粮食不仅关乎肚皮的感受，更是一年生计之所在。

沟东五斗的风波

沟东五斗是一块 2.5 亩的田，是鲍家庄最东边的一块田，第二次重新划分责任田时分给了我家。这块田位置偏远且没有沟渠相通，每次灌水时都要从别人家的田里经过，还要挖临时的水沟，与其相邻的几块田都高出它很多。秋季种麦子时，麦垄沟里尽是水，对麦子的生长影响很大。此外，这块田还有土质的问题。老爸当了二十多年的生产队队长，对这块田的土质十分清楚。关于这块田还有两句顺口溜：栽稻没有水，种麦水满沟。

队里谁都不喜欢这块田，但分到的田是不能挑的，全凭运气和手气。第一次分到这块田的人家，一直对付不了这块田，每年的收成只有一点点。这次我家分到了，庄子里就有人说，看老队长能否治理好这块田。言下之意，老队长也对付不了。

这次分田是在秋天，分到田的人家都在加班加点地种麦与种油菜，我家的小五斗却一直歇在那里。待别的田种完了以后，老爸用两天的时间慢慢地、深深地用犁把它翻了一遍，没有刮渣，两个月后又犁了一遍。好多人看不懂，咋还不种呢？都快过季节了啊。老爸笑而不答。这年的秋天，天气很好，几乎一两个月没下雨，那田里的深沟处都快开裂了。

快入冬时，老爸又用犁翻了一遍小五斗，但仍放在那里，没有种任何东西。好多人开始好奇起来，这是怎么个搞法呢？没见过这么种田的。父亲给出了答案：这叫去寒。这块田地势低，多少年来就没有干过一次，这是寒性土质，想改造它就要去寒，要翻晒两三次直至干透才行。

初冬时，父亲才开始整理田块，然后种上紫草。庄子里的人又看不懂了，化肥都开始普遍使用了，为啥要种紫草呢？父亲说，小五斗不仅土质寒性重，而且土质低肥，明年长出的这些紫草不会割除，直接全部翻过去，浇上水，沤在田里以增肥，还能改变土壤结构。

紫草，一种植物肥料，深秋种植，来年春天埋入水田里沤烂作为肥料。但紫草一般都种在土质比较干的田块里，像小五斗这样的田块，从没有人种过紫草。这是第一回，算是一次创新吧！

春耕开始后，小五斗装满了水，第一次犁时把紫草翻到土里，沤彻底了后，再翻一次。又沤了若干天后，那田水变成铁锈色，可以插秧了。插秧那天，父亲一早就把秧把子均匀地撒在田里，然后带母亲去舒城医院看医生。

早饭后，我带着大妹与二妹，不紧不慢地向小五斗走去。小弟除了看家，仍然是每天无所事事，东跑西逛的，时常与很多孩子弄出纠纷来。

小五斗经过秋干与春沤，那田泥细软柔滑，父亲撒的秧苗也均匀分布，秧插起来非常快。我带头，大妹、二妹跟在后，每人在两根线限定的框子里向后移动，前面就变成一片绿色。本来我们三人的插秧速度在庄子里就算很快的了，眼下这田泥又如此细软，我就拿出最快的速度，我一快，她俩就紧跟其后。

看到秧苗很快覆盖了水田，我心想着，别回去吃饭了，干完再回家，跑一趟还那么远。两个妹妹也支持我这个想法，当决定一做出，心里就起了变化，因为饿，因为赶，那个速度就更快了，想着尽快结束。

速度加快只有两个办法：一是提高动作频率；二是加大行距，即增加前后两排秧苗的距离。其实那天一下田，我在领头位置上就加大了行距。

快到下午两点时，我们终于干完了。下午来上工的人都大为吃惊，四五斗田，大半天就栽完了，太不可思议了，但田里确实已是一片绿色。我们回家后，就赶快吃点母亲早上提前做好的午饭，各自休息去了。

我睡在后排的堂屋里，梦中正在飞快地插秧呢，突然被父亲的咆哮声惊醒，而且是怒不可遏的那种。声音很快就逼近了堂屋，我原本准备起来看个究竟，却一眼瞥见父亲手里拿着棍子，看样子事情有点大，但我仍不知是什么事，干脆假装睡着了。父亲很少打我，更不可能在我熟睡做梦时打我。想好了对策我就一动不动，装作睡得很死的样子。父亲的怒气一下子难消，重重的脚步声靠近床边，我听得很清晰，余光扫到父亲用棍子挑开蚊帐的帘子，停了足有十多秒。我屏住呼吸，装着紧闭双眼，大气都不敢喘，坚持着。父亲转身走了，走的时候还是骂骂咧咧的，走到前屋时，我又听到父亲骂了一阵子，两个妹妹都不敢吭声，只有母亲的责怪声。大意是，父亲不该发这么大的火，孩子们都小，能把一个大田的秧插下去已非常不容易了，而且，秧插得不好又不影响庄稼生长。

厅屋终于安静下来了，只有屋檐的滴水声，吧嗒吧嗒的，也是有气无力的样子。急雨已过，只剩细雨了，就像父亲的怒气，也处于快消失的状态了。又过了好一会儿，我走出去了，双手揉眼，装成刚睡醒的样子，以表示对刚才的事情一无所知。

父亲坐在大门门槛上，背对着大厅屋的后门，脸朝大门口，烟夹在手里却没有吸，那烟灰已积得老长，还挂在烟头上，看样子父亲还在生气。大妹坐在厅屋的后门口，脸上紧张的神色还没有完全消失。看我出来，她急忙示意我赶快回后面的堂屋去，小妹也在那里直摇手。我们的小动作惊动了父亲，他回过头看看我，又把头扭回去，一副不屑一顾的样子，看得出真的气过头了。当我拖一条长凳坐下时，父亲拿着一把锹，披上雨衣出去了。

父亲一出门，家里的氛围立马活了起来，两个妹妹都急于要表述刚刚发生的事，她们也真的以为我在梦乡里。只有母亲，很客观且心平气和地叙述着下午的事。大暴雨之后，爸妈回来了，一听说小五斗的秧苗已经栽完了，父亲立马披件雨衣就去看，很快就怒气冲天地回来了。原来，小五斗本来水就有点深，而秧又有点长，加上我们确实栽得有点稀，大雨之后水就更深了，加上狂风的吹动，从田埂上远远望去，场面确实很难看，白茫茫的一片，让人感到秧与秧之间的距离都有几十厘米那么远。

父亲对小五斗特别重视，这不仅是收成问题，还是技术问题、面子问题、水平问题，更是要为他这个队长正名的问题。这个小五斗，已不仅仅是一块地，还注入了太多别的东西。他就是想用丰产来证明，他二十多年的生产队队长不是白当的，是的确有两把刷子的。可不承想他花了那么多的心思与精力，秧却被我们栽成这样，用他夸张的话来说就是，相邻的两棵秧之间有 1 米多远，实在是难以接受。

父亲回来的时候，已是掌灯时分。昏暗的灯光下，六碗"洪湖水，浪打浪"的稀饭已放在桌子上，一碟爬着蛆的腌菜被拱在中间。我们都不敢吭声，但氛围已明显好转，没话找话，说些与秧、与小五斗无关的事。弟弟小法子也从外面回来了，一身脏得像个泥蛋，话题自然就转到他的身上。我明明看到父亲的嘴都要张开了，可看了弟弟一眼后，父亲却又什么也没有说。恰在此时，母亲不咸不淡地批评了两句，算是处罚完结了，以免话题再次被转移，或事态进一步扩大。

两个多月后的"双抢"开始了，一声声啧啧的赞扬，让父亲笑得合不拢嘴。小五斗有了史无前例的大收成，谷场上的稻子像山一样高，可以称得上是"种豆得瓜"了！庄子上的人，特别是种过小五斗的那户人家，不停地问窍门在哪里。父亲总是笑而不答，秘密呢！

　　任何一件事，要想成为经典得好几个条件，是谓天时地利人和。小五斗就是这样，犁翻了三遍，给土壤晒透去寒，种紫草长时间沤肥。另外，我们插秧的方式，这个看上去十分错误的方式，也是重要的原因之一。秧苗稀，土质肥，阳光足，雨露足，间距大，通风好，苗长得就高，那穗子就大且饱满，这就是小五斗丰收的全部秘密。三个秘密中，那最大的秘密就是最懒的插秧方式，因为没有人会尝试。一个偷懒的方法也成了丰收的秘密，大千世界真的可以"种豆得瓜"！

疯狂的薄荷

　　袁店廖渡属巢湖平原。丰产区，最适合的就是水稻种植了。但从 20 世纪 70 年代初就有人在自留地里种植薄荷，一开始是偷种，后来就公开了，规模都很小，由小贩上田收购刚割下的薄荷秧子，送到不知什么地方去提炼薄荷油，再由"高端"一些的小贩将薄荷油送到外贸单位出口换外汇。

　　那一年的秋天都过了好长一段时间，不知一股什么风吹了过来，全村的人都像是疯了，都在传言谁家去年种了多少亩薄荷，今年就直接发财了，已是知名的万元户了。故事从村东头传到村西头，数字就增加了一倍。一开始只是传得神乎其神，后来就是付诸行动了。反正田已分到户，爱咋干咋干，所以，快得几乎不让你思考。隔壁队的盐行仓，家家凑钱建炼油锅炉，听说有户人家把耕牛都卖了，入股建锅炉。

　　由于盐行仓的人把锅炉建起来了，就需要更多的人种植薄荷，他们就更是起劲地鼓吹薄荷的"钱途"。那段时间，无论白天还是晚上，无论田间地头还是树下路边，凡有两个人以上的地方，说的都是种薄荷的话题。那段时间，你不谈薄荷以及薄荷油，你就是没思想、没追求、没出息。更有甚者，把已经发青的稻秧拔掉来种薄荷，这实在是疯狂的举动。

　　我的父亲一直以稳健且略显保守而著称，终于也思想决堤了。我清晰地记得，那年8月底的一个晚上，昏暗的灯光下，蚊子的嗡鸣声也没有影响父亲的思考。在第五根烟灭了之后，他突然站起来，一脸严肃，像指挥千军万马的将军在进攻方案准备就绪时的那种神情。

"干，明早就干，把茅厕小田的水放了，秧拔掉，种薄荷。"他终于做出了决定。

茅厕小田约2.5亩，之所以叫茅厕小田，是因为北面的田埂边有一排茅厕，每家一个，每个约1.5平方米。里面埋一口大缸，两块木板一架，就是厕所了。这块田靠茅厕这一边，既脏且臭，但这块田肥沃，且离村庄与场地很近，便于耕作，是队里的上等田块，也是我家12亩田中最好的一块。

听了他的决定，我们都惊呆了。父亲一向对经济活动不感兴趣，只对农田和农事情有独钟。在我的记忆里，队里其他人家都在偷偷做点啥生意，或养点什么家禽，搞点副业收入，只有我们家啥也不干。一方面因为父亲是队长，要自觉点。那时不比现在，做生意、搞副业都是不务正业，是不光彩的事。只有务农种田、安分守己才是根本和要务。另一方面和父亲不善经营也有关系。原来他也做过一两次生意，那年他不想再做队长了，就外出几个月贩卖黄表纸，即烧纸钱用的那种纸。可人回来时，本却没有完全回来，更别说赚钱了。他也曾养过老母猪，喂得太肥了，第一次生两头小猪，第二次生三头，然后就卖了。从此，我们家就一直守着田地，在土里刨生计。

这次父亲的决心之大、决策之艰难，我都很清楚。他几乎每天都在附近的田埂上转悠好几圈，看样子是舍不得。一会蹲着看，一会又站着看。一个地道的农民，谁会对田苗无情呢？庄稼是命之所在啊！平时田里的一棵苗歪了，他都要走下去扶正，看到场地上牛脚窝里的几粒稻子都要抠出来，现在怎么舍得把整块地里都快抽薹的苗给拔了呢？

我们私下里都说，父亲被洗脑了，也是疯了，但谁也说服不了他。

父亲在家里，平时很民主，但有大事要做决定，那就是一言九鼎，谁也拦不住。尽管如此，母亲还是带领我们极力反对。虽然我们的目标一致，但出发点不尽相同。我们几个孩子主要是不想再折腾一次，太累了，还有就是怀疑薄荷是否真的那样神奇。

但村里的种薄荷之风更盛了，越来越多的人家把青鸟的秧苗拔掉。一时间薄荷苗"洛阳纸贵"，不仅贵，连薄荷根都难以买到了，而且不管价格，人们见到就抢，抢了就往田里插。眼看天气渐冷，但薄荷苗及薄荷根还在田里，有的长成了，但更多的才冒出地面。那提炼薄荷油的锅炉开始冒烟了，种得早的都可以提炼了，而种得迟的，薄荷还处在摇篮中。

那一壶壶橙色的薄荷油，看上去实在养眼，闻起来也清凉。当农妇们带着笑与满心的欢喜，把一壶壶油挑回家，憧憬着当万元户的时候，笑意还未完全收起，哭相就接踵而至——由于种植面积过大，供过于求，加之商贩压价，收购价几乎腰斩。当然，薄荷长成的人家还是有些收获的，只是像我们家这样连薄荷苗都没有长成的，只能是空收一季的辛苦与纠结。

父亲只得又下令，铲掉薄荷，种上紫草作为来年的肥料。

一场轰轰烈烈的薄荷运动结束了，许多家庭第二年还未到麦收时节就断炊了。紧紧裤腰带是这些种薄荷失败的人家的第一措施。怨谁呢？追求富足，厌恶贫穷，是人们的一种正常心态。这是农村改革前农民自发的冲动，这种冲动的能量是无法估量的，也正是这种冲动，给农村改革带来了巨大动力，也给后来城市改革以太多启迪。

打 连 枷

在我所去过的各国乡村中，除了印度的晒场上还常见农民用的连枷以外，已经很少有这种曾经非常重要的农具了。在当下中国，也只有极偏远的乡村还有少量农民在使用这种传统的农具。

在所有的农具中，连枷从名字上看是最富有诗意的，外形也有些文化韵味。那长柄是用竹子做的，也有木制的。连枷有大小两种：五六枝树条的连枷为妇女或小孩使用的轻连枷；七八枝树条的为重连枷，是十工分的劳力们使用的。那枝条用麻绳编捆在一起，扬起长柄，转动连枷，一连枷一连枷地砸向晒场上的庄稼秸秆，那谷粒、麦粒或油菜籽就从秸秆上脱落下来。也有更讲究的人家用猪皮条或其他动物皮条代替麻绳，做出的连枷更加结实耐用，且脱粒的效果更好。

连枷这种脱粒工具，工作原理极其简单。手握连枷杆，上下挥动，那连枷的轴转动，一下下拍打在谷物和油菜的秸秆上，籽粒就会自动脱落。虽说简单，但也有技巧，那技巧就在于挥动连枷的速度均匀且力度适中，特别是连枷的转动，若不在一个圈上，那轴极易轧断或扭坏。若拍打在作物上没有力量，脱粒的效果就很差，人也很累。因为连枷只有在匀速转动时，人挥动的力量最小，否则连枷产生离心力，人要用更大的力纠正那股偏轨的力量，就会更累。看似简单的事也有其规律与技巧，可谓行行出状元。

　　打连枷是一个动人的场面，一般为单人打、双人打、两排多人对打。单人打及双人打是分田到户以后的事。谷物到场，尤其小麦上场最为壮观，那一排排整齐的麦把子躺在晒场上，晒上一两天太阳，连枷就开始舞动。

　　双人打时一般为夫妻二人，男人一连枷打在哪里，女人就跟上一连枷。男人后退着，女人前进着；男人用重连枷，女人用轻连枷。打麦的声音也像那简单的乐曲，一声沉重，一声轻盈，节奏均匀且悠长，像小两口丰收后坐在粮仓边的窃窃细语，又像是夫唱妇随的一唱一和。那动作、那节奏、那打击声、那连枷在空中的活动轨迹、那脚步在地面的移动，就是小两口舞动美好生活的画面。

　　打麦子的季节很热，而且打麦子必须是在一天中最热的中午时分，那时打，用同样的力量，麦粒脱得更快。汗水就挂在脸上，也流在手上，脸上的汗水掩不住会心的笑意。饱满的麦粒就是肚皮的精神与物质支柱，有了饱满的麦粒，肚皮明显地骄傲，心也不慌了。打麦子的技巧不仅在手上、连枷上，也在麦把上。麦把呈扇形铺在晒场上，连枷只能打在麦穗上及根部往上一点点，否则那麦秸就不值钱了。

　　在农村，麦秸是舍不得用来烧锅的。它的价值比较高，可用来编帽子，做垫肩子，还可以给墙"穿蓑衣"，但最广泛的用途还是铺屋面。圩区里的一个家庭经济实力如何，只瞅那屋面就知一二。

　　稻草房是最穷的人家住的，麦秸房次之，而荒草房则是富人的标志。当然也有极少数瓦房，但那都是靠外来之财。自己双手造的房子，荒草是最好的，也是最贵的。好即漂亮，但好的根本体现在其耐腐。由于贵，人们又穷，所以极少人家有荒草房。

　　麦秸屋就比较普遍，麦秸可以造房子，因而有了较大的价值。麦粒脱下来后，直直的麦秸秆，无论是用来编帽还是造房都大有用途。那男人在前面打是极其认真而精准的，每一连枷下去都恰到好处。跟在后面的女人的工作相对简单，只要心总在麦秸上，在连枷上，男人砸哪里，女人就跟着砸哪里，不动脑筋也不会出错。

晒场上也时常出现呵斥声"你眼呢"，那是男人在训斥女人打偏了。有时是女人在呵斥男人，那男人可能是心里有些乱。打麦的季节晒场上都是人，男人的眼光可能被小媳妇吸引，而女人的眼光也可能被新郎官掠去。男人打偏了，女人以为是对的，跟着打上一连枷；而女人打偏了，男人就会呵斥一声。

除了打麦子对技术要求较高外，其他的比如打油菜籽、芝麻、黄豆则简单得多，没那么多套路、要求和技巧，无论怎么打，脱出籽粒即可。打连枷最动人的场面出现在人民公社时期，那大而长的晒场上，麦把子一排排躺在那里，像列队的士兵在等待检阅。队长一声哨响，男男女女就从各自家里扛着档次不一的连枷上场了。

十工分的劳力扛着重连枷，而七工分的妇女和半大孩子打轻连枷。到了晒场就站成两排：一排是十工分的打重连枷的，另一排是七工分的打轻连枷的。排队时就有些讲究，那些看对眼的男女就想互相排在对面，不仅可以边打边聊，还可以趁人不注意使几个眉眼。可有时候队伍站定都开打了，有些人好不容易站在对眼的人对面，正打着，有个迟到的人就挤到队伍里面。整个队伍就会移动位置，那一对看对眼的人就错开了。那个沮丧的劲儿，都想上去给那个迟到的人一连枷。

集体打连枷想偷懒是困难的，因为领头人的节奏就是十工分队伍的节奏，而十工分劳力的节奏也就决定了七工分劳力的节奏，起起落落，整齐划一。十工分劳力的重连枷敲打一结束，那七工分劳力的轻连枷就要打下来，像集体舞那般整齐，更像俄罗斯的踢踏舞那般具有强有力的节奏感。

连枷已经上墙很多年了，更多的已经消失了，消失在用过连枷的人的心中。而用过连枷的人，也大多对连枷已没有任何印象。连枷消失

85

了，但更多的思考出现了。

　　分排打连枷，人多势众，也可以说众志成城，但人多势众之下，那舞动天地的整齐的连枷下面脱出的籽粒，却撑不起肚皮，那时肚皮薄得都可以撑成一面大鼓。倒是在那单人或两人势单力薄的单打或对打的时代，连枷下的籽粒却填饱了人们的肚皮，也胀破了粮站的粮仓，而接下来却是卖粮难。一时间，我们的思维混乱了，山上一棵小树，山下一棵大树，哪个更高都成了问题，都引起了争论。看来许多事情都要重新探索，包括我们生活的方式。

水 车 恋

中国的四大发明，可谓尽人皆知。然而，另一大发明——水车，却鲜为人知。水车的发明，使得农业生产效率有了数倍的提高，人类的生存能力和改造自然的能力也有了长足的进步。中国水车已有一千八百年的历史，比欧洲早八百年。在现代化农业到来之前的欧洲和三四十年前的中国，水车是农业生产中最大型、最重要、最昂贵，也是最具现代化的人力机械设备。水车虽是一种设备，它却与众不同。它不是冷冰冰的、呆板的、死寂的，而是充满了人间温情，饱含着农民的艰辛，凝聚着匠人的奇思妙想与灵魂。它承载着历史，见证了人类农业的进步与变迁。

水车的龙骨、木辐与水斗皆蕴藏在散文、诗歌中，留下了汗水、艰辛以及人类与自然抗争的印记。苏轼在《无锡道中赋水车》中咏颂："翻翻联联衔尾鸦，荦荦确确蜕骨蛇……天公不见老农泣，唤取阿香推雷车。"

水车又叫翻车或踏车，小水车用手拉，大水车用脚踏，有些地方还用牛拉。车身为一个盛水木槽，木槽两端分别装有轮轴。由龙骨穿起的一连串相互平行的木板构成板式链置于槽内，并绕过车两端轮轴上的轮板，轮板带动龙骨链循环转动，车辐板在木槽内车水上岸。

我的家乡也有水车，有大车也有小车。大车要由四个男劳力才能玩转，车身长，出水量大，主要用于落差比较大的提水工程，一般很少用，只是在干塘时较多使用。

农村实行联产承包责任制后，大车几乎消失了，谁家也凑不到四个男劳力来用大车，更多的是用小车，灵活方便易搬动。一人握一个车拐子，两个人即可操作，偶尔也有三个人车水的，大人在一边，两个小孩或力气小的人在另一边。特别是车水扬程很高，水车安装得很陡时，必须三人操作，两个人的力量是不足以把水提上来的。车水是件极耗体力的农活，特别是在干旱年头或抢水季节，那可真是要"磨断轴心，拉断手筋，折断骨筋"。白天头顶烈日，晚上身披星光，满头焦黑赛炭翁，一身汗盐似冬霜。

最难以忍受的是灌火发田。火发田，是土块晒得特别干的田。为了让土质更松软更肥沃，一般都要把犁后的田晒得很干再灌水，水一进田后土就化成糊汤，可以提高收成。但这样耗水量太大，一两亩田两个劳力都要车上十来个小时。一天下来，那真是"前腿弓，后腿绷，左右摇摆筋骨痛。头一伸，脚一蹬，白天车水夜里哼"。

我家有块叫台八斗的田，要灌3亩的火发田，我和爸妈整整车了一天半的水，累得精疲力竭。第二天凌晨四点钟我起床去洪桥中学上学，当走到一个同学家门口时，才发现自己的眼还没有睁开。此时我才知道，人累到极点时，最明显的表现就是眼皮特别重，睁不开眼，其次就是腿像灌了铅。如果只是腰酸背痛，那只能说是比较累，但还没有到极限。

温度越高，耗水量越大，车水最频繁的季节是夏天。白天人们忙于需要光亮才能干的农活，大部分人都选择在夜间车水。夏天的夜晚，田野里又是另一番景象，一眼望去，大锹把上挂着的马灯散于田间，如豆的光和夜空的星星交相辉映。车水人尖着嗓子，唱起如泣如诉、如诗如赋的"数转歌"。水车吱吱呀呀地呻吟，偶尔传来几声狗吠，此起彼伏，忽近忽远，遥相呼应，那歌声里充满着企盼、哀怨和疲惫。

车水数转，既是计量田水的，也是计量任务的，一般为一百转换一次班，当然，车水数转时唱的"数转歌"更是一种劳动号子。车水是一项集体协作性较强的劳动，为了统一步伐，调整呼吸，释放身体负重的压力，常常需要发出吆喝或呼号。这些吆喝、呼号声逐渐被一代又一代聪明的车水人改编，而发展为歌曲的形式。

我也唱过"数转歌"，但唱得不好。一是因为临近结束时的那几句，音阶要高、音量要大、音要拖得长，以告知接班的人快来，自己的任务已完成了，而我的嗓音条件都不够。二是我车水时已上气不接下气，因此可以想象我唱"数转歌"时的音质状况。我的一个四表叔就很会唱"数转歌"，他的音高气长，最后的长音可以划破周围几公里寂静的夜空。月光下的我，躺在凉床上，嗡嗡叫的蚊子不曾让我辗转反侧，可他的一声呼号却常让我梦断惊醒。

远离水车三十年，我不仅时常想起它，偶尔还要哼哼那难忘的"数转歌"。"一过来一来，一过来嗨二来，噢一过来三来……"这是开头及中间部分，最后一句是"九十九哎，一百来嗬转了"。

我的家乡是典型的穷乡僻壤，连"数转歌"都缺少文化气息，我曾搜寻过鱼米之乡苏州的"数转歌"，虽然同样表达了农民的血泪哭诉，但更具有诗意。有一首"数转歌"这样唱道："一啊一更鼓儿响，一牙残月出苇塘，蛙声呱呱如雨点，萤火闪闪追逐忙；二啊二更鼓儿响，久旱禾苗心花放，露水落得背肩湿，不见汗水见盐霜；三啊三更鼓儿响，汗水换来稻花香，谷贱伤农咽苦水，为谁辛苦为谁忙……"

我惦记着水车，宛若思念旧友和恋人，尽管与它为伍时需要极大的体力支出，并伴随着身体痛苦。有一次到湘西旅游，在村庄的公路旁，一架水车闯入我的眼帘，那是一架保养得很好的水车，桐油浸过的车身在阳光下发出光亮，车尾略显古铜色，构造与我家乡的水车基本相同。

我抚摸着它，心里有一种激动，像与老友久别重逢，也像是情人间的一次幽会。

水车，不仅给我们的丰收带来保障，而且给我的童年带来了太多的欢乐与想象。那时候的水车可是生产队的宝贝，保管极其严格，可我们总能在大人们不注意的时候偷用。主要是用于捕鱼，比如把一条水沟的水车干，更多的情况下，是用于引鱼车水。

老家水田很多，很多水田都有一个缺口，将其和水塘连在一起。我们就用铁锅把稻糠和菜籽油放一起炒，炒到很香的时候，再用稀泥拌和，然后把这些饵料从塘里经缺口处到田里撒成一条直线。鱼便会沿着这条线，一直吃到田里并作逗留。一般在东方泛白的时候，"酒足饭饱"的鱼儿们会沿原路回家。抢在鱼返回水塘之前，我们会蹑手蹑脚地走到缺口处，突然用木板或其他东西把缺口堵住。水车一响，水田底朝天，收获就展现在眼前。那些蹦蹦跳跳的鲫鱼、鲢鱼和草鱼，方知穷途末路，但还在挣扎着拼命地想找条生路，只有狡猾的黑鱼藏于泥坑深处，以求蒙混过关。有时候，一次可以捕到三四十斤鱼。

即便在那物资贫乏的年代，吃鱼也不是最开心的时刻，真正激动人心的是和鱼儿斗智斗勇。那黑夜中的等待，突然封堵缺口的那一瞬，那疲惫不堪却兴奋不已的车水过程，鱼的腾空一跃与深藏于泥……

曾经为乡民带来过希望与喜悦，也带来过辛劳与疲倦的水车，在人类文明的滚滚车轮下，如今基本上淡出了人们的视野。水车"吱呀吱呀"的轻音乐，被抽水机轰隆隆的噪音所取代，连宁静的田野也变得躁动与不安了，抛弃了禾苗，却让那蒿草碧波荡漾。

挑 塘 泥

在氨肥、尿素及磷肥等化学肥料还很稀缺的时候，农田禾苗的生长主要依靠农家肥，积聚农家肥就成了农民的一项重要活计。

庄稼长得怎么样不仅依靠天气，不仅依靠农民的打理，还要依赖农家肥。农家肥的种类也实在是多，实在是丰富，实在是环保。没有化肥的时候，一切肥料皆来自大自然，实现了大自然纯天然的生态循环。人也参与其中，包括刷锅、洗脸、洗澡的水，身上的污垢，甚至人的尿与屎都成为农家肥的来源。

在这种大自然的生态循环中，化肥的稀缺客观上增加了农民种田的难度，却提高了食物的安全性、营养性，提升了口感。那面粉的筋道、稻米的泥土香、蔬菜的清香、猪肉的醇厚、鱼虾的鲜美……都不是工业时代的食物所能比拟的。尽管肩膀上压出一道道血印，脚丫浸满臭臭的汗味，但省了钱财，也把大地的芬芳植入各种食物里。食物在各家的锅里、碟里、碗里，散发着浓郁的香气，人们可安心去咀嚼、品味。

积聚农家肥的活动中，有一项要全庄人都参与的工作，便是挑塘泥。圩区的农田都是由大小塘口和沟渠的淤泥来增加肥力的。经过一年的沉淀堆积，塘口的深水底积下了黑黑的、稀稀的、散发出塘泥气味的淤泥，这便是农家肥。

每年春耕开始，生产队用大车盘水，把一口塘的水运到另一口塘里，塘底深处的水再用小车盘一下，盘到大车里，那塘水就干了。在喜气洋洋的一场逮鱼活动之后，那塘就寂静了下来，除了有些狡猾的黑鱼、老鳖、刀鳅、泥鳅不时地从藏身处跳出来，还有螺蛳走出一道道弯弯扭扭的路线，其他的都随太阳的照射而渐渐干硬起来。

　　一般在水干了两三天后，挑塘泥的活动就开始了，从塘里到田里的路上，人们分成两排。一排为十工分的劳力，一排为半大孩子与妇女组成的七工分的队伍，每人一担，从一个人的肩上传到另一个人的肩上，像流水、像波浪，那肥沃的塘泥就从塘里跑到田里。无论是十工分的劳力队伍，还是七工分的半大孩子与妇女队伍，排队都是很有讲究的。队长会根据个子的高矮排序，从矮到高或从高到矮，两队都一样的排序。按个子高矮排队是为了相邻两人换肩时落差不会太大。当然，经常也会有高矮相差较大的两个人相邻。换肩时，那高的就会弯下腰，那矮的呢也会踮下脚，这样就能顺利地换肩。一个人把一担泥传给另一个人的同时，也把一担空的换过来。如此往返，重担子去空担子回，像缆车一样。

　　队长在排列队伍时也时常犯愁，比如排在一起的两个人，昨天刚吵完架，还处于不说话的状态。有的人直接就不服从分配要换个位置，也有的不吭声，相互间不说话，就这样憋着，那气氛就很尴尬，换肩时四目相对，面无表情。挑塘泥虽然很累，但也有趣，大家会没话找话，有人说着各种段子，听不清楚的人就让旁边的人重复段子的内容。

　　挑塘泥的节奏取决于起头的挖塘泥的人，那人快，整个队伍也传得快；同时也取决于排在田里的最后一个人，因为他要负责把一担担泥均匀地倒在田里，不能一块密、一块疏，他慢了整个队伍也要慢了。有些会过日子的人家还专门做了垫肩放在肩膀上，保护肩膀，但更重要的还是保护衣服，换肩时沉重的担子往往会扯着衣服，很容易把衣肩处磨破。有些人则把大手巾往脖子上一披就开始干活了。

　　有些新婚的媳妇心灵手巧，用花布为新婚丈夫做的垫肩十分扎眼，这个垫肩基本上就是第一天挑塘泥的话题中心。由这个花垫肩展开，直说得那小媳妇满脸通红头眼低垂。

　　队里集体干活的形式很多，但都没有挑塘泥这么整齐。从塘到田，还要到田地的各个角落，因此人必须多，所以挑塘泥时几乎队里的所有劳力都来了。经常还有新人加入，有新来的小媳妇，还有达到干活年龄的半大孩子。

　　挑塘泥的时节，也是开始感到饥饿的时节。因为，那正是青黄不接的时候。自从我有了第一次挑塘泥的经历后，就盼着挑塘泥的这一天，看到队长召集大家开会并从庄里抬出大车的那一刻我就开始激动着，期待着那个快乐似神仙的饥饿的时节到来。

　　其实我的忍耐力很差，尤其不耐饿，一饿心就发慌，那慌乱的心马上就挂在脸上，但我仍然期待着那个饥饿的时节。因为饥饿的时节就是挑塘泥的时节，而挑塘泥的快乐已超过饥饿的痛苦。

　　我时常想，精神的力量有时真的大过物质的力量，比如望梅止渴，比如那挑塘泥的饥饿时节。

走　鸭　子

在合肥西乡，放鸭子的有不同类型。一种是零散地放养，比如一家一户放养几十只。家里人空闲时，把鸭子赶到收割过的田里，或水塘里，或其他鸭子能吃到东西的地方，也有人把鸭子赶到荒地里放。这些鸭子除了青草什么都吃，水里的小鱼小虾、螺蛳，田地里的小虫、收获时遗落的谷物，也有吃稗子等各类草籽的。另一种是在村庄的四周业余放鸭子，不会走得太远，或早出早归，或晚出晚归，若鸭子吃得不多，回家后主人还要喂一些鸭食，然后再一律赶进笼。

还有一种是专业放鸭子。专业放鸭子要复杂得多，一般不叫放鸭子，叫"走鸭子"。主人把上千只鸭苗买回来，喂上一段时间（差不多二十来天的样子），就从村子里出发，去一个很远的地方。要去的地方只是一个大概的方向，没有明确的目的地。人赶着鸭子就像将军带着部队，出征时都要做精心的准备，因为这是一场远征，要风餐露宿，还要走过很多陌生的地方。

一批鸭子一般有两三千只，也有更多的，"走鸭人"大多是三个人为一队，多为同村人或亲戚，或关系比较不错的人组队。三个大男人还要性格相投，因为是一场远征，有时要走两三个月的时间，路上充满艰难险阻，所以彼此间要互相配合，有默契，都要能吃得了亏。

出行时，行李最为庞大，一个大帐篷——要能睡得下三个大男人的帐篷；一人一个大背包，必备的衣物及日用品都收到其中；一人一把足有 1 米多长的大油纸伞，伞是装在伞套里背在身后的；一人一顶大草帽，脚上都穿着深筒靴子；一人一把鸭铲子。

在这些物件中，鸭铲子最为重要。其把长约 2 米，铲头约 20 厘米，铲头是铁制的，半圆形，前大后小，鸭铲子的主要作用类似于乐队指挥手中的那根指挥棒。"走鸭人"指挥鸭队全靠这把铲子。黑压压的一片鸭子，在水中、田里、荒地上或走或觅食，保持什么队形，保持什么速度，都是"走鸭人"通过这把铲子来指挥的。

"走鸭人"从身旁的地上撮起一铲子土撒出去，那土渣撒在鸭队的两侧表示继续直线前行；撒得多撒得密，则表示快速前行；土渣撒到左前方表示鸭队要往右前方走；土渣撒到右前方，表示鸭队要往左前方走；要是土渣撒在正前方，则表示要掉头或停止前进。鸭铲子头细且长，铲把更长，"走鸭人"轻轻一挥，那土渣就能飞出上百米远。

鸭子的行动全部通过被铲子挥出去的土渣来指挥。几千只鸭子边吃边走边嘎嘎地吵着，吆喝声是完全没用的，因为听不见，可能也听不懂，更有调皮者根本不听使唤。但这撒土渣不一样，有重量，有威慑力，就跟部队的长官拿一柄手枪一挥，那些端着长枪的士兵就往前冲，差不多是一个道理。

"走鸭人"沿鸭队的两边走，鸭队有时在水里走，有时在地里、田里或河堤上走，基本上都没有既定的路。所以"走鸭人"走的路是最艰难的路，但收获大。因为鸭子一出门就在大自然中觅食了，不用粮食喂，养鸭子的成本就很低。路艰难，但"走鸭人"并不怕，为了生计，为了更好的生计，再难的路也有人走。

走鸭子一般选择在夏末秋初，一方面是因为农事稍闲，另一方面是收割后的空田地多，还有就是雨水也相对少些，那些塘、河、沟、渠的水位较低。但也有春天走鸭子的。鸭队有时会走很远，几百公里都是常有的事。

行走时间越长，离家越远，鸭子越大，鸭队的管理也越难。鸭子个头大了，能力也强了，"自由散漫"的情况也越来越多了，好多胆大的家伙总想着单溜，想寻找自由。"走鸭人"要格外小心，特别长了老毛之后的鸭子，跃跃欲试地想飞，有时突然就从鸭队里飞起来，惊得鸭队一片混乱。这时"走鸭人"必须快速、准确地撒一铲土渣过去，对它们严重警告，不得乱来。

有时土渣恰巧打在鸭背上，嘎嘎声四起。只有迅速制止了那些家伙，鸭队才能稳定下来，如果不能立即制止，鸭子很可能就会炸棚，四处散开，那需要用很长时间才能使鸭子归队。所以，走鸭子也是一个斗智斗勇的过程。

鸭子更大时，"走鸭人"就更得小心，黑夜里最容易出问题，一旦炸棚，那是要折腾到半夜的。所以，每天一到傍晚，"走鸭人"就会停止行进，准备夜宿。"走鸭人"会先整理好鸭子的队形，一般会选择靠水边的坡地扎营——离水近，方便。一旦鸭子归好队，"走鸭人"就会以最快的速度就地取材，用网围起一个临时的围栏。

鸭子们经过一天的行走、一天的觅食、一天的观光，以及与"走鸭人"一天的"争斗"后大都累了，渐渐消停下来，嘎嘎的声音也变得稀疏，只有几个不安分的家伙还在捣蛋，时常引起一小片骚动。也有那么几只鸭子，头相对着，脖子一伸一缩，长而扁的嘴一张一合，像是在争论些什么，但谁也说服不了谁，只等"走鸭人"撒一铲子土过去，才立马都闭上了嘴。

安顿好鸭子后，"走鸭人"开始张罗自己的事，一个人挖锅灶，一个人准备柴火与食材，另一个人搭建帐篷，同时支起马灯，不一会儿那咕咕叫的肚子就在红通通的灶火的勾引下，促使嘴里生成了涎水。

一人往灶里添柴火，一人在锅边操作，一人快速地搭建帐篷。当香味弥漫时，那涎水就更多了，眼都盯着锅里，心里想着快点再快点，不然肚子真的要造反了。于是那掌勺的动作就更快了，锅铲碰到铁锅的声响传得很远。

饭好了，帐篷也搭好了，那灶火就渐渐地暗淡下去，一个人就会把马灯的灯芯挑拨得更亮些，另一个人轻手轻脚地绕围网走一圈后，三个人席地而坐，享受着一天中最重要的一餐。早上和中午基本都是吃干粮，只有晚上才可以吃些自己做的饭菜。这一顿很重要，有时三人还要干一杯，开心时还要猜拳或捣杠子，但声音压得极小。他们极力压制着那种快乐，以免引起鸭子的妒忌，鸭子安静的时候才是"走鸭人"吃饭的好时光。

鸭子一声不吭，"走鸭人"才能把心放在碗里。鸭子一骚动，那嘴里的酒也基本没有味道了，心立马就悬了起来，六只耳朵都快竖起来了。

不过在黑夜里，鸭子们是不会随便起哄的，据说它们眼小，胆子也小，白天胆子大皆因有"走鸭人"在，好似小孩在大人面前能随意耍赖一样。只有当夜里有图谋不轨的动物出现时，才会引起鸭子大面积的躁动，"走鸭人"会立即披衣察看。

夜色下的马灯，灯光如豆，那是"走鸭人"的催眠曲，也是鸭子们的定心丸，有了灯光就有了守护、有了依靠，也就有了安全，鸭子们心里很清楚。因为灯光下有三把保护伞，所以，鸭子们在睡觉时那细小的眼睛总会留一条缝。

"走鸭人"在鸭队里就像部队里的将军，有将军在就有了主心骨。狂风大雨时，灯光一定不能灭，灯光不灭，即便大雨滂沱，鸭子们也会相互鼓励；灯光一灭，鸭子们就会因害怕而"叠罗汉"，往往一死死一堆。

晨曦初露时，鸭子也醒了，那围网里顿时热闹起来，有的伸着懒腰，有的扑腾着翅膀，有的喊叫着像在唱歌，还有几个胆大的都已冲出围网，一夜的约束后终于自由了，但大部分鸭子还是比较守规矩地等待着"将军"的号令。所有行囊都收拾好了，围网也撤了，队伍就准备再次开拔。

一批鸭子大概要走三个月的时间，最后都要向城镇靠近，在城镇边安营扎寨，这时鸭子也差不多可以卖了。这是收获的季节，鸭子也不再走了，卖鸭子成为最重要的事。鸭子卖完了，"走鸭人"一般都要在城里待上几天，好好地吃吃喝喝，犒劳一下自己，以慰藉一路疲惫的身心。特别是当鸭子能卖得好价钱时，三个人就会更加放纵，还要去喝些花酒，有时还会引出事端来。

家里的女人们计算着日子差不多了，男人们快要回来了，每天都会在村头张望，向着男人们走的方向张望，盼着男人们早日回来，带回财富，带回安全，带回一家人的希望。

水性豆腐

　　贫穷的时代也是自给自足的时代。穷是那个时候农村的共性，每个家庭都有各自的穷法，不尽相同。但相同的，是穷带来的热闹，穷带来的快乐，穷带来的忙碌，穷带来的真实，尤以过年为甚。

　　做豆腐，就是春节前一个家庭的重要活动之一。一家老小齐上阵，簸子、筛子、磨子同飞舞，或上下翻飞，或原地打转。一出做豆腐的经典剧目在每个家庭上演。点石膏是每个家庭中男人的必修课，这门课没修好，那是十分丢面子的事。

　　做豆腐，不仅要有硬功夫，即好体力，还需要软实力，那就是点豆腐的技术。除了这两点，在豆腐成形之前，还不能有不吉利的言语出现。因此在开磨时，大人们就会用草纸把小孩子的嘴通通擦一遍。

　　尽管古人说"童言无忌"，但其实还是有忌的。做豆腐是水中求财，若是在大人们做豆腐时，小孩子们说了些不吉利的话，那一锅豆腐多半会是半锅水加半锅豆腐渣，豆腐就飞了。而小孩子的嘴用草纸擦了一遍，那意思是童言无忌，小孩子的话不算数。整个做豆腐的过程中，即便小孩子说了不当的话，水神也不会计较。那豆腐依然是豆腐，而不会是水和豆腐渣的光景。

　　黄豆用水泡一天，就可以入磨了。推磨的一定是男人，家里的男劳力不够，就两家一起做或请邻居帮忙。家里的女人常常喂磨，就是把泡好的黄豆用勺子喂到磨眼里。

男人们一推一拉，再一推一拉，那石磨就均匀地转动并流出豆浆，白白的，有些豆汁味。磨架底下就是大木盆，两三个小时后大木盆里便装满了白白的豆浆，细腻而平滑，再用筛子一筛，汁和渣就分离了。那渣可以做成菜，也可以做成豆渣粑粑。富裕点的人家一般会用来喂猪。

将汁倒入锅，一个牛一锅里满满的豆汁。底下是豆秸（也叫豆柴）在燃烧。"煮豆燃豆萁"，这句诗就是这么来的。豆汁开了，上下翻腾，像跳舞又像是奔跑，曹植却硬说在哭泣。微风过后，上面一层厚厚的皮就是豆皮了，晒干后就是腐竹。豆汁中精华的部分，都集结在这豆皮里，一点也不"韬光养晦"。

据专做豆皮生意的人说，豆皮挑出十几次后，那豆汁就做不成豆腐了。看样子豆汁精华都在豆皮里的说法是有根据的。一般情况下，挑出两三次豆皮后就不再挑了。滚开的豆汁直接入缸，最关键的时刻到了。这时，女人都会把孩子们支到别处，自己也站在远处，只留下男人在那大缸边，一手端着盛着石膏水的碗，一手拿着长柄铲子在缸底搅动，边搅边加石膏水，一边还不断地用嘴吹着豆汁上面的热气，眼睛得很大，好看清楚从缸底搅上来的豆汁的变化。若搅动的豆汁中有絮状凝固物，而且均匀地分布，就说明石膏水在豆汁里起反应了。当絮状的凝固物越来越多时，男人的脸上就绽出笑容，直起腰给大缸盖上锅盖。家伙什一放，点支烟就站在一边和家里的女人说着闲话，很自在，很享受，也很有成就感。

女人的话总是小心翼翼的，一般第一句话便是"成了吗?"。

男人一般答"成了"。

一问一答后，孩子们都不知从哪里钻出来了。刚才那种近似凝固的空气，一下子活泼起来。此时会有隔壁家的或隔壁的隔壁家的男人走过来，讨支烟是目的之一，交流经验和心得也是目的之一，但更多的是来祝贺的。

　　做豆腐是水里求财，不仅是求财也是求运。要是谁家的豆腐做失败了，就预示着那一年他家都不会有好运。一家人心里都是沉沉的，像是犯了错似的。

　　两根烟的工夫，打开锅盖，一缸热腾腾的豆花就出现了。大人小孩一人拿一个碗，放入红糖，豆花被舀进碗里立马变得白里透红，水里生花，豆花里充满着甜甜的味道，就像那贫穷且快乐的生活。那时人们对幸福的要求很低，这是快乐的源头。

　　接下来，当家的男人就和自家的女人嘀咕起来，主要是商量制作豆腐、干子、千张的比例。用大勺将豆花舀入铺了纱布的筐里，用小石头压着锅盖或木板，豆花成形后便是豆腐。豆腐嫩嫩的，像大家闺秀，不可粗鲁，只可轻抚，要放入加了水的缸里养起来。用中等大小的石头压出来的便是干子。干子比豆腐老很多，也薄很多，取出纱布后用刀切成块，风干或水养皆可。用大块石头加杠杆压出来的便是千张，带着布的纹路，像布一样厚，可切、可叠、可卷，切成丝，与多种蔬菜联手可变出很多种菜肴。女人们坚持多做点千张，主要是想来客人时可多做几道菜而已。

　　豆腐是一种食品，但也不仅是食品，还是风俗、人情百味。曹植的自传中就说得很明白，豆腐也是一种文化。这种文化体现在做豆腐的过程中，其间有男人与女人对生活的安排。豆腐的成形就像人的成长，不同的压力就会有不同结果，虽然初期的豆花是一样的。

　　水性豆腐不仅意味着水中求财，还展示了豆腐的习性：像水一样，上善若水，居洼地而不怨。可与鲍鱼同碟入豪门之宴，不以为傲；可与牛肉为伍入大雅之堂，不以为炫；可与青菜为伴，一清二白地端坐穷人之桌，而不以为贱。豆腐犹似当今的好男人，上得厅堂，下得厨房，历经磨难，以求洁白，习性不改。

　　洁哉，豆腐！伟哉，豆腐！

油　坊

在机械设备还没有走进合肥西乡的时候，木榨工具就是最先进的。袁店公社的油坊就在大房圩子里，厂房是圩主的老房子，新中国成立后归公了。每年榨油时节，油坊的香味可以飘到几里外，每当饥饿难忍时，闻闻那油香也是可以慰藉一下肚子的。

我的一个表叔叫品，外号"油猴子"，是一名榨油工。小时候我最爱去他家，也最讨他喜欢。在他家，我可以像在自己家里一样自由自在，可以干任何自己想干的事。

当然，最让我开心的还是跟他一起去油坊、去车间，看他们榨油，那"哼咻哼咻"的号子声就很让我好奇。那号子不像船工的号子，在户外，声音高亢且嘹亮，清脆且传得悠远。油工的号子是低沉的、闷闷的、不张扬的，也许是空间狭小的原因，也许是油工之间距离近的原因。

每次去油坊，我都是光着屁股跟在品叔后面——是品叔要求我光屁股的。一开始我不知道为什么要光屁股，后来才知道，里面到处是油，光屁股进去玩，衣服脏不了。

那个时代，男孩子七八岁光屁股是常有的事，常惹得庄子里女孩子们的母亲抗议。可那时我才五六岁，光着屁股走在大人后面自然也就心安理得，一点害羞的心理也没有。

油工们都穿着衣服上班，一进车间，门的右边墙上就有一排钉子。进门后油工们脱得一丝不挂，衣服就挂在那排钉子上，然后穿上工作服。所谓的工作服就是一块粗纱布，农村手工织的那种，纱线很粗，黄白色，厚实，长1米多、宽约80厘米的样子。因为长期被油浸染，那工作服很重，而且颜色也由黄白变成黄黑。

由于工作环境的特殊性，这件工作服，很少有人去洗它。一方面，油很难洗干净；另一方面，洗了也没用，因为一进车间还会弄上油的。所以，油工的工作服基本是一年换一次，每次上班后往下身一围，下班后往墙上一挂，再去洗个澡，一天的工作就结束了。

换上工作服，油工们开始干活了，而我则自由活动，没有人管我，只是品叔有时会喊一两声，这个不能摸，那个不能动。

油工们按工序分工。第一道工序是整理油菜籽，几个人用一个直径约1.5米的大筛子给菜籽除杂。筛子上有两个交叉的木棒，在交叉点拴上绳子并悬挂在屋梁上，这样筛菜籽时很省力。

第二道工序是炒菜籽，这是关键的工序之一。炒菜籽用的锅很大，大得可供三个人在里面洗澡。锅灶上三个人各拿着一把大铁锹在锅里不停地翻动，让其受热均匀，以免炒煳。

三个人中有一个人是大师傅，他需要时不时地停下来，从锅里抓把菜籽看颜色，看炒得如何，也就是看火候。火候差不多了，还要再抓一点往锅台上放，再拿铁锹把去碾压，碾开菜籽看里面是否熟了。

大师傅这个把握火候的任务很重要，火候把握得好，榨油时出油率就高，否则就低。火候取决于三点：一是用什么柴火，柴火有草，有柴，也有煤；二是炒制的时间，以及翻动的速度与动作；三是大师傅的那一看与一碾。

随着大师傅的一声"起锅啦"，那三把铁锹就飞舞起来，速度非常快，每个人都拼命地把菜籽从锅里铲出来。这个出锅的动作也很关键，因为那个大而厚的铁锅余温很高，如果不以最快的速度把菜籽铲出来，有的菜籽就会受热过度，从而影响出油率。

大师傅的一声"起锅啦"，像是一个命令，那个拉风箱的立马停下手中的拉杆，风箱那"呼哧呼哧"的沉重喘息声也随之结束，让人感到呼吸都畅快了许多。烧柴的人也立即停止加柴，还要把锅洞里未烧完的柴火掏出来，然后一瓢水浇上去，屋内顿时升腾起烟气与水汽，此时一起升腾的还有油工们的呼叫声。

菜籽出锅后就要快速做成饼，否则菜籽会冷掉。成饼的过程有一定难度，师傅们用锤熟的草和一些明晃晃的铁箍把炒好的热菜籽弄成一个个饼状。我一直都没有弄明白，那一盘散沙般的菜籽怎么弄成饼状呢？

饼状的菜籽就进入了最后一道工序——上榨。木榨，长约 5 米，高约 1.5 米，宽约 1 米，四根木制大梁是主结构，里面还有四根小梁，两头有四条粗壮的腿。这是一个要承受大力冲击的器物，所有的结构都必须经得住冲击力的考验。

饼状的菜籽立马上榨，将菜籽一排排摆在木榨里面的四个小梁柱之间，一排长约 4 米的样子，之后加木楔子。榨油的过程就是加楔的过程，更是挤压的过程，那菜籽油就是菜籽在外部受力的条件下被挤出来的。

这个炒制、起锅、成饼的过程是最为紧张的，因为有时间的限制，也是最手忙脚乱的。往往就有油工把工作服给弄掉了，顾不上围，光着屁股，一直到一锅菜籽上榨。那白花花的屁股就在车间里乱晃，形成了一道风景，时常引来一阵哄笑，但谁也不在意。人出生时就是一丝不挂的，围布掉了也只是回归原本。也有油工打趣道："虽然我们比不上城里人，但我们的屁股是一样白的。"

木楔子都是用很结实的、类似檀木这样的木头做成的，一头呈"一"字形刀状，另一头是圆形，楔子的圆头部分都是用铁包起来的，要承受千万次的锤打。

楔子就插在菜籽饼之间，叫插楔，然后就是撞击木楔子。撞击物也是用很结实且很重的木料做成的，类似撞钟用的木槌，约3米长。一头约20厘米粗，用铁包着，另一头稍细。中间有一个铁环固定在木头上，一根很粗的绳子拴在铁环上并悬挂在梁上。撞击时，一般是四人先把木槌往后拉，然后用力往前推。最前面的那个人是大师傅，他负责把控方向，每次锤打都要打在木楔子的铁头部位。

撞击是个力气活，品叔就是负责控制撞击方向的大师傅。那撞击的动作很是夸张，左腿斜直，右腿弓弯，身子往右斜，斜的幅度很大。四个人同时从右往左立起身体，狠狠地顺势推木槌。最前面的大师傅对准木楔子的铁头部位击过去，随着一声沉闷的声响，木楔子就前进一点，油饼也往前移动一点，那吱吱响的、热乎乎的油就往木桶里流。

那油发出的吱吱的流淌声就是油工力量的源泉，那微弱的声音，于油工而言，是音乐，是收获，是生活的基础，是辛劳，是回报，也是奖赏，更是一家人的希望。

油工在推木槌时也要喊号子。喊号子不仅是为了齐心协力，也是为了集中精力，更是为了用力、省力、消除疲劳。所以，油工们的号子喊得很响，圩子四周都能听得到，喊出来的号子声铿锵有力，没有一点拖泥带水。

号子的内容是随口编的，人文地理、天上地下、动物植物皆可成词，有时不经事的油工喊号子时不懂规矩，还会喊出不雅之词，大师傅会立马制止。

油榨尽了，出油率才高。油是否榨尽，取决于大师傅计算的木楔子的数量以及木楔子在木榨里的行程。这些是要精确计算的，出油率的高低与油坊的利润密切相关。

在油坊的日常管理中，有三件事是要摆在前面的。首先是每年的开榨仪式，要简朴、热烈而略带文采。烧香、烧纸、燃炮、敬神自不必说，还要请人写很多吉言，像彩条一样悬挂在油坊里。他们坚信，出油率的高低除了与技术有关以外，还被别的不为人知的力量左右着。

其次是防止女人误入。油坊人一代代传下来的祖训就是女人禁入。至于道理何在，谁也说不清楚，但每个人都记住了这个祖训。

最后就是要防白老鼠。油坊里老鼠多，大家司空见惯，但如果有白老鼠出现，则意味着木榨要炸。木榨是油坊里最值钱的财产，木榨炸了，那油坊基本也就完了。

据油坊里的一个大师傅说，他在年轻时就经历过一次。有一次收工时他最后一个离开，就在离开油坊锁门时，他突然看见一只白老鼠从木榨边一闪而过，他心里就一直惴惴不安。到了第二天上工时，他对大师傅说看见了白老鼠，那大师傅就特别关照说，今天打榨一定要小心，一定要少用力气，但还是发生了炸榨的事件。只是轻轻地撞击过去，那木榨却轰的一声就散架了。

随着社会的发展，有了榨油机械，简单易操作，将菜籽倒进斗子里，一按动电钮，一边流着油，另一边就冒出菜籽饼，一个人就可以操作，但这样榨出的油不香。所以电动榨油机出现后，油坊还存在了好久，因为机械榨的油没有手工榨的香。

可随着时间的流逝，人们逐渐忘记了油的本味，而移情于便宜的机械榨油。失去了本味也就失去了对油的初心，似乎人们吃油时并不关心油的味道，而只关注油本身。是啊，这多像人们的生活方式，追求财富是为了更好的生活，但追求财富是个过程，而美好的生活才是目的，现在有些人却把追求财富变成了目的，对生活本身不再关注。

鹅毛挑子

鹅毛挑子也叫货郎担。在计划经济时代的农村，鹅毛挑子就是一个流动的微型商场与超市。不，它比商场与超市还多了一项功能——收购东西。鹅毛挑子在农村不仅是个多功能的商场与超市，还是一个信息港，就在这鹅毛挑子边上进行商品交换的同时，城里的、农村的各种信息也进行着交换。此外，鹅毛挑子还是工业文明的传播者，把城里的新产品带入农村。

为什么叫鹅毛挑子？没人考证过，我想大概是因为货郎们卖东西的同时还收购鹅毛吧。鹅毛挑子，一根扁担挑两头：一头是一个木箱子，箱盖是玻璃的，好让人看清楚里面的物品，箱子放在竹制的大花篮上；另一头是个高大的花篮，里面是储藏商品的。也有的鹅毛挑子两头都是箱子。

出门时花篮里装满商品，箱子里也摆满各种东西，边卖边收。当一天快结束时，带出去的东西卖得差不多了，两个大花篮也装得差不多了。货郎们有的当天出门当天回来，也有的一连出门好多天才回来，走到哪里就卖到哪里，也买到哪里。

鹅毛挑子的经营范围各不相同，但都以农村家庭日用品为主，尤其是以女人用的东西为多，针头线脑、发卡头绳（杨白劳为喜儿买的那种头绳）、扣子、糖果，还有各类饰品，等等。小孩们的用品也多，气球、

107

小笛子、橡皮泥、小纸贴、陀螺，当然糖的种类最多。

鹅毛挑子收购的东西也不尽相同，以各自的销路而定，但主要的东西大同小异，如牙膏皮、鸡肫皮、破铜烂铁、鹅毛鸭绒，也有收鸡毛的，还有收猪鬃的。这些都各有用途，鸡肫皮是中药材，鸡毛做掸帚子，猪鬃做刷子，而鸭绒则供城里人做保暖制品，破铜烂铁就进了废品收购站。

鹅毛挑子进村的信号就是摇动拨浪鼓。拨浪鼓是一面小鼓，直径约10厘米，带个小把，把长约30厘米，鼓的两侧有两根对称的小绳子，绳子一头固定在鼓上，另一头拴上一个可以击打的小物件，也有直接用绳头打个大结的。鼓柄一摇动，两根绳头就敲打在鼓面上，"砰咚咚""砰咚咚"的声音一响，村子里的人就知道鹅毛挑子来了。

也有的鹅毛挑子不用拨浪鼓来吆喝，而是吹一种竹笛子发出信号。这种笛子仅用于发出信号，所以发出的声音没有太多音乐的节律。一进村子，货郎就会吹出"哆来哆，咪来咪，拿鸡肫皮来换糖"的旋律来。虽不成调，但大家都知道是鹅毛挑子来了。

首先冲出来的是孩子，哇哇叫一阵就围到了那个带玻璃盖的木箱子四周，一只小手捏着几分的硬币，另一只小手就在玻璃盖上对着要买的东西指来指去。那声音很大，底气十足，可能是因为手里捏着钱呢。

那些两手空空的孩子，声音就弱很多，大多仅仅是问一问，凑个热闹，饱饱眼福。也有的孩子看到了好吃的，转身就冲回家去拿钱。

孩子们买的都是吃的东西，以糖果为主。有的糖果是成品；也有的是货郎自己在家用红糖做的，别名叫狗屎糖，六角形，便宜，但也很好吃。

有了糖的孩子，一会儿就躲到角落里，相互比较各自的糖，还相互评价着。没糖的孩子也跟到角落里，眼巴巴地看着吃糖的孩子，那两道目光馋得都不知收了，还歪着头问好不好吃，嘴也跟着做嚼糖的动作，其实嘴里什么也没有。

更有胆大的孩子，趁大人不注意就偷家里的牙膏皮、鸡蛋或者破铜烂铁去换糖。偷东西换糖的孩子拿了糖心虚，不扎堆，只能躲在一个没有人的地方吃，想必是怕别的孩子去他家告密。

孩子们的活动结束了，就该轮到妇女们上场了。女人们不像孩子们那么着急，基本是不紧不慢的，手里做着针线活，眼睛隔着玻璃盯着箱子里面的东西看，嘴上说着闲话，彼此交换着对商品的看法和意见。比如一个妇女看中了一款发卡，就拿出来在头发上比画，并请别的妇女来评价。妇女们话比较多，评价的观点就多，难以形成一致的看法，弄得那个想买的女人也左右为难。

看中了某款商品的女人，就停下手中的针线活，撩开围裙，在口袋里掏。半天才掏出一个布袋子，打开布袋子拿出一个布包，再打开布包，里面躺着一些钱，有纸币，有硬币。那女人在付钱时也是十分小心的，样子十分不舍，毕竟钱是那么珍贵。

女人们买东西的时候，也会有一两个脸皮厚的孩子跑过来，扯着妈妈的围裙要这要那的。有的妈妈就买了糖打发了事，但更多的是一巴掌打在孩子的屁股上，还附上一句"爬走啊"，那孩子就会知趣地跑开了。

除了卖东西，收购物品也是鹅毛挑子的一项重要的生意，鹅毛就是其中最重要的一种，也有收购其他农村特产的。拨浪鼓一响，谁家要是准备杀鸡宰鹅的，就会派孩子出来打声招呼。初冬是宰杀牲口家禽的时节，货郎一待就是大半天，有时也会帮忙拔毛。湿漉漉的毛是不收的，要摊开晒上一会儿。毛的收购价的计算方式也很特别，不是根据重量，也不是根据体积，而是用两只手掐，以"掐"为单位计价，算一掐收多少钱。

货郎离开的那个晚上，就会听到大人打孩子的声音，那肯定是谁家胆大的孩子偷卖了家里的什么东西。特别是鸡蛋，那是准备用来换些油盐的，偷了鸡蛋，是一定要被打屁股的。

鹅毛挑子就是流动的商场、超市，走到哪里，市场的气息就飘到哪里。小生意人的肩上挑着城市与农村经济链条的担子，这肩上的担子带来了农家人生活的便利与价值，也带来了物质文明，特别是工业文明，是农村经济贸易的催化剂。鹅毛挑子也是寂静的农村的一道亮光。

一阵阵拨浪鼓的声响，不仅是"我来了"的信号，也是一阵清风、一圈文明的涟漪、一串外面世界的信息、一种快乐、一种精神的慰藉。

"砰咚咚""砰咚咚"的拨浪鼓声像春风，一点点地催生了农村经济贸易的萌芽。

别了，鹅毛挑子，在与大人们的"偷与逮"的游戏中，我们长大了。挑鹅毛挑子的人也老去了，没有了继任者，那鹅毛挑子就变成一朵浪花消失了，成了久远的回忆。

几十年过去了，我的脑海里还时常浮现出一个中年男人肩上挑的鹅毛挑子，那挑子里有针头线脑、破铜烂铁、牙膏皮和鸡肫皮。那男人的肩连同那根扁担，担着多少代人的便利与需求，以及对商品的渴望。

今天，商品丰富得都让人无从选择，甚至成了负担，可我们又留恋起物资匮乏年代的鹅毛挑子，人真是个矛盾的物种。

上 月 桥

　　合肥西乡的廖渡小学与袁店老街之间，轮车垱的上游有一座古木桥。什么时候建的？是谁出资建的？连村子里九十岁以上的老人都说不准确，只是说他们的祖辈告诉他们，很久很久以前就有这座桥了。

　　史料已查不到，做出修桥这一善举之人在人们的心中只是一个美好的谜了。这个谜长久以来让人感激，尽管不知感激谁，但有一点是可以肯定的——这个人应是西乡这一带的人。

　　桥的所建年代无考，但桥的损毁时间则是确定的。1973 年，当大桥的最后一根大梁柱倒下时，桥就不是桥了，因为再也无法通行。

　　不久，公社在古木桥西边约 50 米远的地方修了一座石拱桥，据说是为了方便廖渡村运公粮时拖拉机行驶。

　　古木桥倒塌已有四十多年，但木桥的遗址仍清晰可见，北边的桥墩位于轮车垱的北堤之上，而南边的那个桥墩则处于长荡的中间位置。南桥墩的南边与南堤之间，有一道高出水面约 1 米的低矮土堤，一说是为了缩短桥的长度而节省成本，另一说是为了夏天雨季时方便行洪。我想第二种说法可能性更大吧，因为整个轮车垱的设计都有防洪与灌溉的理念在里面。

　　几十年过去了，历经风雨侵蚀，但两个土桥墩姿势不改，让人联想到岁月侵蚀之苦，更让人想到兄弟般的隔河守望之情，它们的坚忍也许与相互守望有关吧。

深秋时节的枯水期，那几根深埋水中的大梁柱隐约可见。梁柱被侵蚀得厉害，但仍直立在那寂静的水中，就像哨兵，几百年来以一个姿势支撑着人们行走，更像定海神针，锁着水龙，让其不能肆意作恶而引发水患。

古木桥名叫上月桥，因桥形似上弦月而得名。桥长约 30 米，宽约 1.5 米，平水期，桥离水面 4 米多，六排十二根高高的梁柱支撑整个桥面。梁柱上有木制横梁，横梁上再铺木板，木板之上用黏土覆盖着，保护其不受雨蚀。

梁柱、横梁、桥面木板皆用桐油漆过，但什么样的桐油能保证木头在水里存在那么长时间呢？或许不是桐油，而是其他什么防腐材料。

前面的风落河、北边的轮车挡使长条形的廖渡村几乎与世隔绝，好在有上月桥，廖渡村人向北行走比向南方便得多。

小时候，上月桥是小伙伴们玩耍的好地方，也是我们所知的最重要的或是最大的人工建筑了。放牛时，把牛绳往牛角上一绕，牛就在河堤上自由行走、啃草。放牛的同放鹅的小伙伴们就聚拢起来，在桥面上玩起了抓小子、跳房子、跳橡皮筋的游戏，更多的时候是打宝。个儿高臂长的小家伙一用力，那宝是翻过来了，但力气过大，那宝就掉到桥底下了。于是，大孩子就派小孩子下去捞，因此也少不了要发生争执。

孩子们的游戏往往如夏天的云，说不准何时就起了风雨，打斗是少不了的。一开始没地域概念，谁和谁起了冲突就事论事而了结。但后来有地域的分界了，一般都是有了冲突马上站队，大桥南边的孩子为一边，大桥北边的孩子为另一边。双方往往为一件事争执不下。这时，对不对都不重要，重要的是站队。若是大桥北边的孩子帮大桥南边的孩子讲话，他就会被视为叛徒。所以，一旦有事发生，双方以地域为界泾渭分明。

记忆中的好多次冲突，北边的孩子都占据上风。并非理由充分，而是因为北边的孩子大都是袁店街上的。街上有好几个店铺，也有饭店。因此，相比廖渡的孩子来说，他们更像城里人，所以有心理优势。或许他们并没有，但我们心里是这么想的。

夏天到了，那上月桥就更热闹了。跳水是让孩子们感到最快乐的活动，从大桥之上一跃而下，比的不是跳姿，也不是水花大小，而是勇气。那一跃真的需要点胆量，后来孩子们胆子都大了，排成队，一个一个跳下去，特别像下饺子。不一会儿，那水里就是一片黑头，一个个拍打着水花争抢着爬上来，再跳下去。再后来，花样就多了。两个孩子抱着一起跳下去，砸起的水花都溅到桥面上来了，那双人跳的水声也比单人跳的更加响亮。

跳水的姿势更是五花八门，屁股入水是蹲着跳的，双脚入水是直着跳的，还有胆小者不敢跳被推下去，基本是横着入水的。直着入水时，好多次双脚都插入淤泥里。

直到好多年之后，看了电视我们才知道，正确的跳水方式是头先入水的。一开始我们还真的想不通，为啥要头先入水呢？还以为自己那么多的跳水方式，至少有一种是先进的或是科学的呢。

1969 年的大水，应是对上月桥最大的打击了。据说洪水漫过桥面，冲刷着桥面的木板，也冲击着横梁与梁柱。自那年起，古木桥就像上了年纪的老人，经历一场风寒后，一年不如一年。到 1972 年，桥面的土流失殆尽，露出木板甚至横梁，那桥更加不敌风雨了。后来，木板松动，便有人偷偷取下木板拿回家。一而再，再而三，桥已不能被称为桥了。到最后一块木板丢了以后，桥彻底不能被称为桥了，因为失去了桥最基本的功能。

之后，一座石拱桥诞生了。那石桥要比木桥结实许多，但也短了许多。也许对行车而言，石桥更加方便，但对行人而言，石桥真的不如木桥那么有文化意蕴。你看那直立的木桥梁柱多像擎天的巨人，威严而守责；还有那横卧的梁，连同那木板，就像母亲，承载着多少委屈与重负。那修长的上弦月，若美女般婀娜多姿，似英雄的弯弓。再看那石拱桥，如同暴发户般土头土脑，丝毫没有内涵。

　　离桥越来越远，然而跳水的场面却越来越清晰。我时常想，如果有人引导与培育，说不定我们当中就会走出一个跳水冠军来。我时常认为冠军是培养出来的，更是发现出来的。

故乡的路

　　时常听人说老家修路的事，一开始是说要修路了，后来说在修了，最后一次说是已经修好了，还是水泥路，一直通到家门口。一开始我并不相信，说的人多了，也就信了，继而有些向往：田间地头横卧一条水泥大道会是什么景象呢？会有路灯吗？路上除了行人与车辆，肯定还有水牛、鸡和鸭。两边也许还栽了树，夏天会成为林荫道。浮想联翩时，回家看看的念头愈加强烈，可是因为忙于业务，一直未能成行。去年国庆节，我下了一个很大的决心：哪儿也不去，什么也不干，就到家门口的水泥路上走一走。

　　那是一个阳光明媚的深秋的下午。天很高，也很蓝，收获后的田野一派悠闲景象。稻田里，鸡鸭成群，大白鹅曲项向天，悠然自得，胆大的还"招摇过市"呢！杨桃路也比以前宽多了，两边还建了路牙。高大的杨树，有的已形成拥抱之势，行驶其间，有穿过隧道的感觉。大约离柿树街道两公里处，左边有一块牌子，上写"袁店三公里"，我知道该拐弯了。以前这是一条土路，即便是晴天也不能行车，现在变成了水泥路，虽很蜿蜒，但平实。正行驶着，一头水牛挡住了路，牛绳搭在牛背上，它不紧不慢地摇摆着尾巴，像是在拍打苍蝇，其实是在闲乐，低头慢行，又像在体味这份恬静。我不忍打扰，跟在后面走走停停，最终它走向了一块空田。我继续行进了一段，到了廖渡村与袁店街道交叉拐弯的地方。

这是一块高地，向东远眺可看见袁店中学，向南可隐约看见家宅的顶部。我下了车，双脚踏在路上，感觉是那么坚实。夕阳西下，秋风凉爽，我眼前浮现出三十年前的羊肠小道、二十年前的半截土马路、十几年前的坑洼沙石路。

那是怎样的一条路啊！每到卖粮的时节，大部分家庭是靠肩挑肩扛，有的虽用上了板车，但也得全家老小齐上阵，你推我拉才能前行。即便后来有了沙石路，可凸起的大石块和深凹的大水坑，让一般的车辆也望洋兴叹。这是一条艰难的路，这里的人祖祖辈辈也艰难地生活着。廖渡村更是如此，它位于道路的尽头，这是唯一的一条路。因为它的南边有条叫天河的河，河床深陷，河堤高筑，后来才知道那是丰乐河。前有天河，后无通途，行路难，难于上青天。

记得上高中时，有一次为交二十五元学费，我用板车拉了四百多斤稻子去卖。那个下午，天公不作美，离粮站还有一公里多的距离时，天突然下起了雨。无奈至极，我发现路边不远处有一个渔棚。当我把稻子都搬进去的时候，我的衣服也全部汗透了。雨终于停了，可路面已成烂泥状，我从附近的亲戚家借来老牛才把车拖到粮站。

"嘀——"一声鸣笛打断了我的思绪，一辆小车擦身而过，可能又是哪位游子回乡省亲了。我上了车，车轮轻轻碾过洁净的路面，我心中荡漾起甜甜的笑。乡民多少年的梦啊，终于实现了！这岂止是一条水泥路？这是一条富裕路，一条幸福路，一条希望之路。

故乡的河

生命起源于海洋，人类却成长于河流。远古时代，人们都是逐水而居。所以，文人笔下常把河叫作母亲河，比如长江和黄河。也有人把河比作保姆，比如艾青的《大堰河——我的保姆》。河流就像母亲一样，哺育着一方水土上的民众。由此，人们对河是崇拜的，是感恩的，是热爱的，也是倍加思念的。

我的家乡也有一条河，叫丰乐河。这名字有些土气，既没有沧桑感，也没有历史感，更缺乏诗意。据老人说，原先这里只是一条大水沟。后来，水患很多，老百姓不断地加高堤坝，最终就变成如今的丰乐河了。

丰乐河离我家的房子——那个被它摧毁了好几次的房子——尽管只有不足 500 米，可我从来没有把它称作母亲河，对它也没有多少感激与热爱，因为它从来没有给我们家带来幸福与财富，却不断地掠夺我们。打记事时起，丰乐河就带来了两次风卷残云式的扫荡，一次在 1969 年，一次在 1991 年。它让我们一次次无家可归，家徒四壁；还一次次地没收我们的庄稼，让我们食不果腹。它的恶还不止于此。因为它，我们家的南边平添了一道屏障。路之痛，横亘于每一个人的心中。

与家乡渐行渐远后，我偶尔会想起那条丰乐河。如今，怨恨的心中已渐渐地滋生出一丝丝淡淡的怀念，总想回忆点它的好来，有时也能想出一点。小时候，河堤和河床是放牛的好地方，也是割牛草的好去处。把牛往那里一丢，牛绳绕在牛角上，我们就可以尽情地疯狂，直到日薄西山。不过这些好处似乎太少了点。有时，我也怀疑自己是否过于挑剔，看不出它深藏的更博大的恩情来。又是一个悠闲的日子，在另外一条河的河边漫步时，我突然又想起家乡的丰乐河，这一次倒是真的想到它的好了。

那是 1978 年的夏天，一连很多天，老天都不落点雨。田里的秧苗都开始发黄了，可老天仍没有下雨的意思。大队领导决定开展自救，动员能干活的男女老少到河里筑坝拦水。坝址选在大湾与廖渡村交界的那段河床。共同的利益很快把大家拧成一股绳，沙坝在一点点增高，拦截的水也在一点点上升。可以抽水灌溉了，大人们紧锁的眉头舒展开，脸上也渐渐地堆起了含着些许希望的微笑。整个工地弥漫着轻松的氛围。干旱的年头，水就是财富啊。

此后很久，我都不再想起这条河了，任凭隐隐约约的回忆与思索在大脑里萦绕。直到有一天，在一个黄昏，我静坐在宁波的甬江边。这是距入海口只有 10 公里的江段，江面宽约 150 米，水流平缓，波澜不惊，偶尔有些船只往来。江河的气息，又一次让我想起家乡的丰乐河，眼前立马浮现出它的景象来：春天青草依依，水牛食草河湾，放牛娃嬉水河滩；夏天河水暴涨，两岸的农民通宵达旦保卫大堤；秋天叶落草衰，是农家妇女积聚柴火的好时节；冬天白雪皑皑，一片银装素裹，只在河床底部有一股涓涓细流，临时人行木桥——廖渡口横卧其上。

正想着，一个同样在江边散步的农民模样的人坐到我旁边和我聊起天来，他说："这条江经过拓宽改直，温良驯服多了，可很久以前，这里经常洪水泛滥。那时，河面很窄，河道弯曲，此岸和彼岸的农民为了各自的庄稼和财产，不断加高加固大堤，结果河堤更频繁地溃破……"

治水宜疏不宜堵。原来，是因为农民们那时候没有遵循治水规律。

哦，丰乐河，我终于明白，你无大惠于你的这方水土，过不在你。我的心里渐渐升起了敬意，激起了怀念，并最终凝成轻声的呼唤：丰乐河，家乡的河，你虽是一位坏脾气的母亲，但你并未失去善良的母性。

故乡的雨

　　似乎是几岁的时候，有一年不停地下雨，下得天昏地暗，低洼处已是白茫茫一片，老天还在发疯，庄稼渐渐被淹没了，河水一个劲地往上蹿。连几岁的孩子也不得不思考起一个严重的问题——决堤。

　　巢湖及其附近的圩区是经常决堤的，洪水常会摧毁人们的家园，夺去人们的财产。大人们忙碌着，绷紧了脸，很是严肃。那时，我开始关注老天，期盼上苍能露出笑脸，太阳能洒下些许阳光，让那发霉的心情连同发霉的思绪得到晾晒。这是我对雨的第一次关注、第一次期望，虽然后来还是决堤了。

　　就在决堤前的短暂时间内，父亲用船载着我们一家六口和一些牲口及家什，漂到不远处的高坡上安顿下来。随后的夜晚，房屋不断倒塌，声音像爆竹声似的，让人感到撕心裂肺。我们已没有了家。从那时起，我对雨一直是恨恨的，再热的夏天我也只喜欢太阳，至少它不会毁我家园。

　　再大一点的时候，农村开始施行包产到户。我家分了十亩农田，收获了金色的稻浪，接着又翻了一遍土地。笑容挂在每一个人的脸上，丰收了，肚子不再受罪了。然而，开心的笑容还没有从人们的嘴角完全消失，愁容已爬上了每个人的眉梢。因为秋种就要开始了，可已有两个多月未落一滴雨。河流与池塘几近干涸，坚硬的泥土很难侍弄成适合播种的样子。

为了收成，为了生存，为了免受饥饿，每个家庭都以顽强的意志与惊人的力量默默地与天抗争。铲土平地，打井取水，几乎通宵达旦。月亮早已爬得老高，可田间地头仍有很多影子在移动，或直立，或弓腰。无声的劳作，无尽的疲惫，钝化了人们满心的愤懑与委屈。人们在播种着一点一点的希望，希望田地里的种子或早或晚地挤破土层，探出嫩芽。湿润的土里的菜苗又粗壮又水灵，像健壮的孩子；而干涸的土里的菜苗则需艰难破土，又细又弱，恰似饥饿的儿童。为了来年的希望，大人小孩齐上阵，从很远很远的地方，或从很深很深的井里取水，一点一点地滋润那嗷嗷待哺的幼苗。

时光在人们忙碌的身影中溜走，一直溜到一个本应银装素裹的冬季。可这个冬季却没有雪，连一场像样的雾都没有。艰难的日子中时间飞逝，毫无色彩的春节在几声稀疏的爆竹声中结束了。开春了，大地仍在饥渴，菜苗仍在饥渴。天黑了，熄灯了，人们心里又开始不断地祈祷，在祈祷声中进入梦境，在梦境中存有希望，期盼一睁眼就能见到满天飘雨。可一次又一次的希望，变成了失望。抬眼看，晴朗的天空没有一丝云彩。又一个夜晚临近，人们又开始祈祷，又一次期待梦中的雨。

突然有一个声音大叫："下雨了！"那是爸爸的声音。随即，我听到隆隆的雷声，伴着哗哗的雨声，大雨点敲击着地面及屋脊。接下来，雨便畅快淋漓地倾盆而下。我一丝不挂地站在雨里，雨水、泪水冲刷着我的每一寸肌肤。那是我人生中第一次流出激动的泪水。那一夜，我对雨感激涕零。

时光荏苒，我长大了。追随着改革的步伐，我站在潮头。1991 年底，我离开工作的银行，到深圳打工。我掘了第一桶金，很快我又收购了一家国有破产企业，后来就成了老板，接下来又成了青年企业家。企业像滚雪球一样膨胀，一圈又一圈美丽的光环加在了我的头顶，一切都在不经意间或出其不意间成长，那时真可谓春风得意。

古人说得好：物极必反，否极泰来，盛极必衰。鲜花的背后往往暗藏着杀机。就在事业如日中天的那一年，市场风云突变。我的航船在短暂的飘摇中沉没，几乎来不及挣扎。我沮丧到了极点，整天像只流浪鼠。

在那些揪心而又无所事事的日子里，我又一次期盼着雨，期盼着连阴雨。当无尽的细雨漫无目的地敲击着建筑物及地面时，我就可以心安理得地回忆，平心静气地痛苦，没有压迫感。暗淡的光线，阴郁的天空，这是躲藏在屋内睁着眼睛睡觉的好时候。我期盼着雨，在那些忧郁而又苦涩的日子里。

雨常给我希望，也常给我灾难，我常在雨声中沉醉。雨来自自然，不管你爱与不爱，怨与不怨，它都按自己的节奏运行。它很自我，不像我们人类，更多是为别人活着，特别是为很多毫不相干的人活着，其实我们更应该崇拜雨。

大　栗　树

　　我家门口有棵大栗树，距门约 21 米，距前面的秧塘约 2 米。树根部距水面大概 2 米。这棵树树干高大、树形好，三面的枝丫一律向上伸展；对着我家门口那边，却横向生出一枝，这一枝横着伸出 1 米多后又向上伸展，像一只手臂在招呼来人，很有力量，也很友好。

　　据父亲说，这棵大栗树已有一百六十年的历史，但树干只有大黄盆盆口那么粗，是因为生长极为缓慢。倒不是因为土壤不肥，而是由于栗树的生长特性。这棵大栗树就像个踏实朴素的农民，慢条斯理、不紧不慢地生长着，安静地立在那里。

　　这棵树在我家的门口，也在鲍家庄的中心地带，自然也就成为人们聚集的中心。中午吃饭时，大人小孩都会"扛"着一大碗饭到大树下聚集。说"扛"着一碗饭，是因为在来的路上，碗一律都放在肩后部，是扛着的。左撇子就用左手扛着碗，右撇子就用右手扛着碗，只是到了树下才把碗放下，捧在面前享用。说笑声便开始在树的周围环绕，故事一个接着一个。有的人一碗饭吃完便快速回家，再盛一碗过来。有时听到特别好笑的故事，有的人还要求等会再讲，说"等我盛碗饭来"。

　　尽管那时候人们都很穷，但每家的经济条件还是有些区别的。所以，吃饭也不仅是吃饭，除了填饱肚子之外，还有些别的意思。比如，有的人家碗里有肉，别人眼里就有了羡慕或是嫉妒之色。但一般都不用正眼看，怕被人瞧不起，大部分人会瞥一下或偷看一眼，目光又迅速回到自己的碗里或讲故事人的身上。

在深秋或冬季时，咸肉上市了。一些人，特别是孩子，得了一块咸鹅、咸鸡或咸猪肉，吃第一碗饭时，就把咸货摆在饭头上，第二碗时，咸货还在碗头上，并没有吃或没有吃完——那是面子。我有时也这样摆一下。记得有个小女孩，甚至一顿饭都结束了，那块咸货还在。回家后就用一张纸把咸货包住，在上学的路上边走边吃，引得我们流口水。

不仅是吃饭时，没事时大人小孩也都喜欢坐在树下闲谈，东家长西家短的，有时也会生出很多是非。比如东家死了一只鸡，经过多人转述，等人们再会聚到大栗树下时，就变成西家死了一头猪。而传闻中死了猪的那家人又不同意这种夸大，认为这是存心不良，在诅咒他们家的猪。这时候，一场口舌之争就难以避免了。

我们庄子许多女人吵架，也与大栗树这个"信息中心"有关。有时也不是故意的，比如有几个人在大栗树下聊天，去老井挑水的人经过时听到了一些传闻，再加工传播开就会失真，容易引起事端。

大栗树不仅是"信息中心"，也是我们小时候最喜欢的游戏工具。那北向的横枝，我们在上面荡秋千，有时荡得与树枝一样高，虽然很危险，但谁也不怕。最有威信的孩子一般都会被荡得最高。有一次，一个孩子一不小心从秋千上飞了出去，直滚到秧塘里，摔得鼻青眼肿。他父亲就来问罪，首先就冲着我。那人是老师，他心里想着除了我，谁敢把他孩子荡飞出去？其实，那次我真的没参与，但我没有解释，更没有供出是谁干的，因为大家都不是故意的。

大栗树是"信息中心"，我家门口就成了孩子们的娱乐中心。那时流行一种游戏——打壳。大家各自把等价的硬币放在地上一个专门挖的小坑里，四周画个圆圈。谁要是把硬币从小坑里砸飞到圈外，那飞出的钱就是谁的了。

　　我和父亲一样不喜欢赌钱，但这种游戏我喜欢，因为这不仅是力气活，还是智力活。首先是一轮一轮地砸，砸的时候要选好对象，选准哪枚硬币就砸哪枚，平躺在坑里的和平躺在坑外圈里的，我一般都不考虑，因为砸出的可能性小。我只选那些粘着土、半竖起或完全竖起的硬币，打壳时从底部砸入，很容易撬起它们，让它们飞到圈外。

　　有的孩子只会出大力，不看方位狠命地用力砸，要不就把硬币砸到地下更深处，要不就给别人砸出好的位置，就像斯诺克一样。此外，打壳时我们也立了很多规矩：硬币都只选二分硬币，打壳时多用铁片、瓦片或大铜板，每次打壳前都说好，今天是用瓦片、铁片还是大铜板。那时农村的铁器很少，其主要来源是坏了的犁耳，以至于生产队的犁耳坏了，尤其是被砸碎了，首先就怀疑是我们干的。瓦片比较容易找到，谁家的缸坏了，我们就会让它坏得更厉害点，直接弄成碎块，然后顺理成章地捡些来作为打壳工具。

　　大铜板类似民国时期的"袁大头"，但更大更厚，是铜质的，打起来省力，但太轻，不过瘾。所以，我们打壳首选瓦片，其次为铁片。我们规定当硬币搭线时，超过三分之二才算赢，但那圈线也很粗糙，且硬币飞出时全身带土搭在线上，难以辨认是否超过三分之二。孩子们围着那硬币，一圈人坐在地上讨论半个小时也是常有的事。有时实在达不成一致结论，他们会对我说："大存子你说吧！"这时我基本上判赢。

　　由于父亲极不喜欢这种事，所以我们就偷着干，打完后再用些土把那个坑填上，但好几次不注意，被父亲当场抓住并呵斥一番。后来我们动脑筋，每次打壳时派一名围观的小孩爬到树上瞭望，看到大人回来就立马报信。好处是每次报信得五厘，记账累积到一分或二分时，由两次的赢家支付。这时，大栗树便变成了瞭望台。有时候，孩子饿了盼着大人回来吃饭时，也会爬到大栗树上观察庄台两边塘坝的动静。

　　秋天到了，大栗树也会结果子，虽然我们知道那些栗子咬不动，但每年仍会从地上拾起很多，回家剥开外皮，晾晒干后再用锅炒，形状极似板栗，但不是板栗味，又涩又硬。也许这棵栗树本来生在这里就不是为了产栗子的，而是有别的用途，特别是做瞭望台或聚人气。

1991 年，一场大水淹没了有百年历史的鲍家庄。为了交通方便，大家都把新居建在村中心的路边了，那棵大栗树的辉煌时代也结束了。庄台变成遗址，而大栗树也被遗弃在那里。我曾动过心思想把它移到新屋的门口，可它太苍老，也太大，怕它经受不了。每次回乡时我都会走到秧塘外，远远地张望，那时通往庄台的路已经走不通了。

我时常想起它的孤独，突如其来的孤独，从门庭若市到门可罗雀，再到孑然一身，这命运的跌宕起伏，它能经受得住吗？好多次，我就站在秧塘的外埂边默默地与大栗树交流着：我好想把你带走啊，可我带不走你啊。你太沉重了，你承载得太多了，我在异乡为你祝福。它似乎听懂了我的话，报以一阵叶子的沙沙声。

有时候我也安慰自己，它尽管孤独些，但生活环境真的好了。没有人攀爬瞭望，也没有人扯着树枝荡秋千，更没有人在它的眼皮底下生是非。热闹少了，安静多了，大栗树这个年纪应该可承受了吧？当然，也并非每种生物都像人类这样爱扎堆，凑热闹，或许宁静更符合大栗树的初心。

有一年气候干燥，秧塘干涸了，我终于走到了它的身边，看到它更加茂盛，我心安许多。有些风，它就摇起来，我知道它想和我说说话呢。我们说了好久好久，掌灯时分我才起身离开。可是不承想，这是我俩最后一次交流。

庄台被遗弃后就成了一块荒地，每家分一块，并没有按照原来的居住地分，而是按等份抓阄，每家都在上面种植旱季作物。我不知道父亲为什么没要我家的那块宅基地，可能与我家早已进城有关系吧。

大栗树旁的那块地分给一个邻居之后，他在那里种花生。不久，他嫌树冠影响作物生长，竟一刀一刀把它砍倒了。听说他原先准备用锯子锯，有人说这树太古老了，有灵性，用锯子锯，他会倒霉，但可以用斧子一斧一斧地砍。

我不知道这个过程是怎样的，但我能想象那该有多痛啊。一斧一斧地砍啊，那一刀一刀分明也砍在我的身上。后来听说砍了一天多，大栗树才不情愿地倒下。大栗树倒了，永远地倒了。

我回去时，突然远远没看到那挺拔的大栗树，眼泪立马就下来了，立即冲过去。秧塘的水还很深，我顾不了那么多，卷起裤脚蹚过水塘跑上庄台。那黄盆口粗的树干倔强地斜躺在那里，那粗糙的树皮全部张开，像在大声呼叫自己的冤情：我并没有影响谁呀！是的，它真的没有影响谁，因为它的树冠大部分伸在水面上。树同人一样，往往也会遭遇不白之冤、飞来横祸，可自己事先却全然不知。

我的大栗树，我童年的伙伴。我们诀别已有二十年之久，每次远眺那个被遗弃的庄台时，我的眼角都会湿润，我都期盼着会再有一棵小栗树在原地生长。会吗？我的大栗树！

打　年　货

　　开始打年货，离春节就不远了。打年货，于大人们来说是一件大事，也是一件难事，难在穷，没钱，但还是要想着尽可能地充足，想把年过得丰盛，还要顾及礼节与面子。正月来亲戚，招待是件大事。所以，物质丰富的想法与囊中的羞涩就产生了矛盾。除此，距离远、路难行，也是打年货难的原因。

　　农村在自给自足的条件下，许多年货都是自家产的，比如豆腐、千张、部分糕点、酱、水产品、元宵、粑粑，还有的人家自己做糖果。当然，大部分年货还是去城里购买的。

　　我的老家在村子的尽头，任何车走到这里都只能掉头，不能前行。因为老家前面有条凤落河，乡人称天河，河并不宽，但两个大堤很高。没有渡船，谁也过不了河，有了渡船，那上上下下的坡，空手走都是一件困难的事，挑副担子就更加困难了，真的是过河难，难于上青天。

　　大人们难，但孩子们不感到难，打年货可能比过年本身还要带劲。因为打年货时可以跟大人进城，进城就是开眼界、见世面，孩子们一年只有这一次机会，好多孩子一年连这一次机会都没有。此外，进城打年货时孩子还可以跟大人在城里的饭店吃顿饭，这是一件非常了不起的事情。进城吃一次回来至少要吹上半年，把城里描述得天花乱坠，把那城里的菜说得让人垂涎欲滴。没进过城的孩子，听着听着就流出了涎水。

除了能吃饭，运气好点的，还可以央求大人买一两样自己喜欢的东西。打完年货，运气再好点的，还可以去洗个澡。城里的澡堂那是个真正洗澡的地方，那么大的池子，那么多水，澡堂里到处都是热乎乎的，不像在家里洗个澡，盆那么小，还那么冷。

于孩子们而言，打年货比过年还开心，但也比过年累很多。首先要早起，差不多凌晨三四点就要出发。我们村距城里二十里，全部要靠脚去丈量，大人们还要挑着一百多斤重的大米，要赶在天亮前到达农贸市场，迟了就不好卖了。卖了米才有钱去打年货。好在农村的男人们力气大，挑着沉重的担子，扁担两头颤悠着，差不多换个七八次肩，就到城里了，只是孩子们受罪了。记得有一次，我都走了好久眼还没有睁开，就只能抓住父亲的稻箩绳子往前走，有时绊了一下脚清醒一点，然后，眼又半闭着了，直至走到渡口。

渡河是我们那一带多少辈人的烦心事，圩堤越来越高，上下的难度也越来越大。雨天过河就变成了一个功夫活，有时山洪来时还要封渡，过不了河的人就会站在河对岸扯着嗓子传达紧急的事。

平时河水小，没有船工守着，想渡河就只能等，等到对面有人过河时才能上船。冬天的时候，基本不用船过河，船工会搭好木桥，几个受力桩撑在河里，用30厘米宽的木板一架就成桥了，胆小的人走在上面都颤颤巍巍的，担心随时会掉下去。

经过渡口的这般惊险，瞌睡虫基本就跑得不见踪影，但还要跟着大人再走十几里，仍是一件很难的事。走着走着就想歇一会儿，但大人们不让停，呵斥着快点快点。直到一股刺鼻的味道飘过来，精神一下子就振作起来了，那是到了化肥厂的地段，离农贸市场就很近了。记得小时候进城，一过河就想着闻到那刺鼻的味道。有时刮南风，即便闻到了那味道，仍然要走好远才能到城里。

舒城县城不大，从北门进城，经过窄而弯的七八条巷子就到了农贸市场，巷子里摩肩接踵都是进城打年货的人。卖米的地方在飞霞农贸市场，有米行收，也有小贩子在收。米行有正规的店面，规模大，有保障，但收购价格低一些。小贩子出价高，但风险很大，卖米的人往往很容易被骗，比如称重时，趁你不注意会有人用脚托着稻箩底部，这样一担米就会少称十几斤。更可怕的骗术是钱被调包，称好重，当着你的面数钱给你，当你接过钱的时候，小贩子会说，给多了，再数一下。这时小贩子就会玩起"魔术"来，再把钱给你的时候已不是原来那沓，可你全然不知。当你去打年货付钱时才会发现，可那贩子早就跑了。这样的骗局在这个农贸市场反复上演，只是苦了那些被骗的农民，回家后还得吵成一团，一担米值十几块钱啊。吵完后，年还得过啊，再从家里挑出一担米去打年货。

　　大人拿着卖米钱去买东西的时候，小孩们就在稻箩边上看着，地点大部分选在九龙塔边上。那是一座古塔，明朝就建了，塔座周边开阔且是水泥地。好多村子里的孩子都聚集在这里，有说有笑等着大人们回来。家里富裕点的，一般都是夫妻带着孩子一同上城，因为除了年货，每人还要买点衣服；家境差的，没有衣服要买的，女人就守在家里。

　　年货采购结束，大人们带着孩子去吃饭，饭后就要回家了。每条巷子都挤满了进城的乡下人，担子轻了，步伐也慢了，显得晃晃悠悠的，有的还面红耳赤。孩子们个个欢天喜地，炫耀着大人们买的好东西，得到贵重东西的孩子，头自然也昂得高，孩子们的"炫富"就这样真切而生动。

　　一路走一路笑，成群结队的，不知不觉就到了渡口。快到村口时，各家的女人都已挤在村口等待着自家的劳力归来，叽叽喳喳，一脸微笑迎接着自家的男人、孩子和年货。可一转身就会听到有人家在吵嘴，甚至还有打架的，原因在于劳力们买的东西不合女人们的心意，时不时会听到女人们的号叫："我跟你说得那么清楚，你还是买了这么个东西！"

仔细想一想也确实难，男人干活有力气，可以去打年货。但买东西这个活计，男人真的不擅长。对于男人打的年货，女人没几个满意的，但她们更多选择沉默，选择理解。

多少年之后，每当我站在那荒芜的渡口，眼前就出现夜行打年货的场景。夜幕下，大人们的扁担头挂着一盏马灯，走一步晃一下，微弱的光能照见一两米远的路，微风吹过，那灯光也会一闪一闪的，忽明忽暗。碰上人多时，扁担头之间就会有轻微的触碰声。一条灯路，首尾相连，虽不明亮，却也壮观，寒冷的夜色下，渡口也温暖许多。

打年货，年复一年，绵延千年。它是过年的预演活动，是过年的热身过程，是一种文化，是年味也是情味，是一年收成的总结，是一年劳作的结尾，是一个幸福家庭的年度展示，是传递亲情、友情的物资储备。

吊　　瓢

吊瓢是合肥西乡袁店一带的乡村习俗，即使闹得不可开交，被闹的人也不得翻脸，被吊瓢的主人虽然满脸尴尬，但还要赔着笑。那笑也都是挤出来的，似肌肉在抽搐，而心里并没有笑，甚至有些怨气。

所谓吊瓢，就是将舀稀饭用的那种大铁勺子，用绳子拴起来吊在水梁上或桁条上，还要用铁制品，比如镰刀或菜刀敲击，不仅要敲还要唱："这家主人真抠门，招待客人不真心，一小把米五碗水，一人两碗不够盛。"

当当的敲打声响起，客人们便起哄起来，有唱有和，邻居们也会来凑热闹，闹得主人家脸红脖子粗，直至躲到后屋方才罢休。农村人是好客的，即便在那个食不果腹的年代，也不会真的为了节省而不让客人吃饱。吊瓢实质是一种游戏，是一场斗智斗勇的博弈。客人们看锅里的饭食还有很多，便正常吃饭；而一旦发现锅里的饭食有可能被吃光，就一起用力，硬撑硬胀，直至锅底朝天，目的就是为了吊瓢。

吊瓢一般发生在正月初一至正月十四之间亲戚集中走动，相互拜年的时候。人多便于吊瓢活动的进行。到了正月十五之后，农民便开始有了活计。可谓：正月十五大似年，吃块肥肉好下田。十五一过，就没有那么多闲工夫去吊瓢了。

吊瓢大多是平辈之间的游戏，长辈与晚辈之间是很少有的，因为有违祖训，有伤大雅，即便吊起瓢来恐怕也没那么尽兴。平辈之间就不一样了，能玩得哄堂大笑，花费的力气不亚于一场体育运动。

我爸有三个舅舅，所以我爸的表兄弟就特别多。正月拜年时，他们就像麻雀一样一阵一阵的，到哪里都是黑压压的一片。每年正月初一，我的表叔们连同他们的孩子，也就是我的表兄弟，还有我们家的男丁都要去我爸的大舅家拜年，在他家吃早饭和中饭，然后在我家吃晚饭。听我爸说，这种拜年的方式已持续了快二十年。

在我家吃的晚饭，基本上有两种类型：面条加豆末粑粑、稀饭加年糕。每年轮换着来，很有规律。但没有规律的是，到底这顿稀饭要煮多少？我家的锅是牛二锅，一锅饭一二十人吃是差不多的，但问题是这些表叔往往都不好好"吃"，这就让这顿饭煮多少变得很难估算。煮多了，他们就会每人只吃一点点。"人走茶凉"之后，大半个牛二锅的稀饭就成了问题，没有谁家有这么大的容器来盛这么多的剩稀饭，有一年连洗脚盆都涮干净来装。煮少了，那就更麻烦了，他们会逮住机会，死撑硬胀地吃光，直指吊瓢而去。那瓢就吊在水梁之上，他们敲打着，唱和着，取笑着，主人脸皮再厚往往都难以抵挡得住这样的阵势。

由此，每年正月初一下午三点一过母亲就开始焦虑并在村头张望，等待爸爸派出的"密探"报告那边吃午饭的情况。这个"密探"多由我充当，而考察中午的"饭况"主要的"参数"是两项：一是观察他们吃多少，因为好几年他们在策划吊瓢活动时从中午就开始了。若细心观察，他们不仅会时不时地耳语，而且好多人都只象征性地吃一点。二是观察他们喝多少酒，这也是一个重要的判断依据，中午酩酊大醉的人多了，晚饭自然没有战斗力。母亲就是根据这些情况再决定如何煮这顿晚饭。

有一年年初一，下午三点刚过，我就偷偷地跑回来报告，表叔们中午吃得"认真"且有好几个都醉了，看样子今晚他们没有吊瓢的计划。

言下之意，今晚可以煮少点，母亲便开始张罗。晚饭是稀饭加年糕，大半锅的样子，很快就煮好了，可左等右等就是不见来人。原来，下午四点刚过，他们正准备来我家，发现大舅爹家的牛跑了，跑到凤落河河床的湾地里去了。牛跑了，那可不得了，牛在农村是最重要的资产。当然那牛也不是大舅爹家的，是生产队的，只是正好轮到大舅爹家看管。生产队的牛就是公家的牛，要是牛丢了，后果会很严重，每个人都清楚。所以不由分说，人人都参与了找牛的行动。好在天太冷，牛也没有跑多远。牛回到牛屋不久，表叔们也就来到我家。

寒暄落座，屋里一下子就热闹起来，可我那个捣蛋的三表叔却并没有消停，悄悄地溜进了厨房，按惯例他要去"侦察"一下"动向"，估计一下锅里的饭食多少与胃的容量。若锅里的饭食的量更大一点，大到不可战胜，他会用各种表情来传递今晚无戏的信息。若胃里的空间撑一撑可以装完那锅稀饭时，他就会传递一种今晚有戏的信息。于是，大家一上大桌就狼吞虎咽，争先恐后，只见那锅里的粥一个劲地往锅底滑去。

其实，当三表叔在传递表情的同时我们也意识到他们今晚有"动作"，但他们发起进攻的速度之快，让你想偷偷再做点都来不及。他们嗖嗖的吸食声，那筷子与碗的碰撞声，让你感觉他们不是在争食，而是在战斗，一场闪电战。此外，他们在"进攻"的同时还有"防守"，那就是有人站在厨房里吃，目的就是阻止你再做饭。当然，我们也不能完全任由他们去吊瓢，对策除了增加稀饭以外还有两个：一是加盐，让稀饭变咸，这必然会减少进食量；二是可以加辣椒。有时这样做是会起作用的，但今晚没起作用，因为他们感到太有戏了，离目标太近了。

"见底了，见底了！"有人就兴奋地叫着。

"把瓢拿来！"一个表叔在喊。

"快去找绳子！"另一个表叔边嚷着边去门拐里找绳子。

很快，我家那刚才还在盛粥的大铁瓢，就被吊在水梁上，瓢上还滴着汤，像刚干完农活后大汗淋漓的样子。三表叔毫不手软，抄起镰刀就敲起来了，那大大的铁瓢传出了清脆的声音，他边敲边唱，其他人边唱边起哄。邻居也赶来看热闹，大厅屋的顶都快被掀掉了。

母亲随父亲在厅屋里赔着笑，那笑分明是极不自然的。"好多年都没有被吊瓢了，"母亲有些不服气地说道，"明明是够吃的，你们硬是死撑死胀。"表叔们并不理会母亲的说辞，一阵开心的大笑后扬长而去。

"都是穷开心，别在意。"父亲在旁安慰着母亲并解下铁瓢，收拾残局。

随着生活的变迁，吊瓢的习俗和其他乡村匠人的活计一样慢慢消失了，但在我的脑子里却长久地存在，不曾消失。我时常想，在那个年代，人们快乐的源泉到底来自哪里呢？来自暂时的饱餐一顿？来自穷快活？也许更多的是来自那个时代朴素而单纯的人际关系吧。

故乡的粑粑

粑粑也叫年糕,在合肥西乡袁店那一带,手工制作粑粑盛行了好多年,直至乡村消失,这一传统技艺才渐渐淡出视野。因为现在的人没有那么大的胃口,没有那么大的地方,也没有那么大的力量,更没有那么多因为攀比带来的吸引力和荣誉感了。

粑粑在我的故乡,远超出了食品的范畴。改革开放前,它是一种象征,地位的象征、财富的象征。它也是一种文化现象,粑粑的制作过程,就是一场非物质文化遗产的演绎过程。

从我记事以来,做粑粑就是过年前一项最隆重、最费时、最繁重的活动。整个村庄不知道为什么,都会选择在那几天里做粑粑。或许是由于在那几天集中做,各类工具便于相互借用吧。

做粑粑要从和米开始,把粳米和糯米按一定的比例和匀。我家每年一般会做一石多米,大约四百斤的样子。把这么多米一下子和均匀是件困难的事,父亲就把家里夏天用的席子全部拿出来铺在地上,把粳米和糯米倒在上面,用木锹一锹一锹地翻动,至少要翻来覆去五六次才能和均匀。

米和匀了,选好两口大缸,那缸大得连十几岁的我坐在里面都不露头。米要在缸里加上水泡一周。这泡米的水很重要,不同的水做成的粑粑,口感是不一样的。我们庄有一口老井,附近村民都会赶几里路来挑

136

老井的水回家，泡做粑粑的米。

　　米泡好了，最艰难的工作也就开始了，那就是推磨。我们这里都是靠人力，一般两人，也有三人推磨的，推着磨担架让石磨转动。此外，还得有一人往磨眼里添米。米里加的水适量而均匀，推磨的人会轻松点；米干湿不均，水偏多或偏少，推磨的人就会很累。

　　每家对粑粑的口感的要求不一样，做法也有区别。有些人家首先讲究黏性，和米时糯米要多放点。其次是对细腻程度的要求，有的人家很讲究，把粑粑做得很细腻，吃起来特别滑，那就得在石磨上做文章。在磨米前，得把石磨的齿凿得很细很细，这样磨出的米面也就特别细，吃起来口感也特细腻。而不讲究的人家，就用粗眼磨，石磨的齿粗，磨出的米面也粗，吃起来就会有颗粒感。

　　正式推磨前，要把草灰堆成长条形的圈状，草灰上面再放上潮湿的床单。石磨卡在上面，随着石磨的转动，米浆就流淌到床单上。用草灰的目的是吸收米浆里的水分，便于切块蒸煮。这草灰可有讲究了，讲究的人家一般用荒草灰，而一般人家直接用稻草灰。两者有什么区别谁也说不清楚，但蒸出来的粑粑味道与口感确实有差异。据说荒草灰里面有些成分，对粑粑的口感有影响，当荒草灰隔着床单吸米浆时，也会把这种成分渗透到粑粑里。有一点显而易见，用荒草灰吸水快。当米全部磨完后，差不多一小时米浆就变硬了，就可切成块蒸煮了。

　　蒸粑粑是另一个重要环节。一般在做粑粑前，都要检查上一年用的草制大蒸笼。那蒸笼真大呀，直径1米多，套在牛一锅上，锅膛里多加些柴火，上面就一笼一笼地加。火力始终要大，蒸气始终要足，这样做出的粑粑才更有黏性，口感才更清爽黏绵。

　　蒸的过程中，这燃料也是有讲究的，有些人家用稻草来蒸粑粑，蒸出来的就不好吃，用木柴做燃料就要好很多，但不同的木柴也有不一样的效果。其中，檀木最好，燃烧值高，能保持灶膛内的火力大、均匀且持久。这就类似于饭店里用大火炒出的青菜，脆且色鲜，而用小锅炒出来的青菜，软且色暗。两者或许是一个道理。

蒸粑粑的那一夜，每家都是灯火通明，直至天亮。当然，那一夜也是孩子们最热闹的时光，从一家跑到另一家，报告谁家已磨完，谁家已上锅蒸了，还有谁家正磨着，磨架就突然坏了……全都是与做粑粑密切相关的信息。大人们在家里忙着的同时，对村子里各家的动态都可了如指掌。

做粑粑也是一场竞赛，比速度、比口感、比特色，还要比多少。有些小孩子从一家跑到另一家，给各家的粑粑打分：谁家的最黏，谁家的最细，谁家的最好吃，当然有时候也不准确。

记得有一年，大姑妈家做得比较早，我去时她就给我一块，太大了我吃不完，又不好意思扔掉，就转了一圈后又回到大姑妈家，坐在锅洞旁和大姑妈聊天。

大姑妈说："你的粑粑凉了，我给你放在锅洞里烤一会吧。"我说好。烤好了拿出来，我说："你先咬一口吧。"大姑妈吃了一口问："谁家的？"我说："二老头家的。"她说："那比我们家的黏多了。"

我一下子笑翻在门口，手背还被柴火划了好几个印子。我告诉她，这块粑粑就是她刚才给的那块，是她家的粑粑。她也乐得哈哈大笑。

把粑粑切块入笼时，一般切成长方形，一块一斤重左右，也有更大的。大部分人家把这么大块头的粑粑蒸熟了也就结束了，但我的父亲不行，他认为这样太丑，吃的时候还要再切成一片片的，太麻烦。

他每年都还要进入下一道工序，比推磨更累的劳动便开始了，那就是捣粑粑。这时候，要把一笼一笼蒸熟的粑粑倒入大木盆里。木盆很大，底部直径足有1米多。然后，把铁锹的锹头取下来，用锹把的小拐柄在长方形的粑粑上捣，那真是太费力气了。十几岁的时候，我也替父亲干过一会儿，可没捣几下，就气喘吁吁，喘不过气来，可父亲很有耐心，也有力气。

多少年了，他就这么一锹拐一锹拐地把几百斤米做成的条状粑粑捣成糊状，再捏成条形。冷却后，再切成一片片的，极似初十的月亮。这是我们家有形有味的粑粑。

父亲岁数渐大，我也就成了捣粑粑的主力，有时候我累极了就说些牢骚话。好多次当着父亲的面说："我以后分家另过了，就不会做这么多粑粑。"

父亲每次都是那句话："我知道你不会做那么多，因为你家根本就没有那么多米。"

父亲是在讥讽我，他一直认为我平时做的农活达不到他的要求，也不出力，以后在家务农没收成，没饭吃，还做什么粑粑？

其实做粑粑还有另一层深刻的含义：做粑粑不仅是为了吃，也为了看。谁家做得多，且做得好，那是实力的象征，也是威望的象征。一般几个大户人家在下米时，都会打听今年谁家做多少，以便心里有数。

庄里的穷人家，每年只做一百多斤米的粑粑，而且做得也很随意。家里富裕点的，会做几百斤米。改革开放前，每年农历二三月，谁家的碗里还有粑粑，那都是很有面子的事。

我家的粑粑每年基本都吃到粑粑开始变味的时候，因为我们一家六口人的饭量不是很大。有时候，趁父亲开心，我们就一同说服他明年少做点。父亲笑而不答，到了第二年开始称米时，又是四百多斤。

是的，也许真不需要这么多，但粑粑并不像米饭，多了多吃，少了少吃。粑粑少了，面子就少了，它代表的不仅是食物，还有食物之上的东西。是的，就像每年我爸那嘿嘿一笑，这里面都是精神啊。

跟　鸡

　　1992 年 7 月 9 日，多儿出世，七天后，他的外公外婆率领娘家亲戚来吃喜蛋。按老家的习俗，除了要有礼金还要有礼品。礼品五花八门，以鸡为主，也有鸭子、猪肉和鸡蛋。娘家父母必须要送两只以上的老母鸡作为礼品，而且必须是饲养一年以上的、下过蛋的老母鸡。老家人认为，陈年老母鸡营养丰富，你看那鸡汤上漂浮的一层油，黄澄澄的，那就是营养。

　　多儿的外公外婆也不例外，同样也要带来两只老母鸡。外公外婆送的鸡叫"跟鸡"，一大一小。大的是芦花鸡，四斤来重，小的是麻黑鸡，三斤多点的样子。这两只鸡在各亲戚送来的一大群鸡中有些突出，别的鸡来到这陌生的环境都有些胆怯，这两只鸡却从容许多，看上去有种像是见过世面的姿态。我们在聊天时，这两只"跟鸡"也参与进来。谁在讲话，鸡就偏着头，用其中的一只眼盯着他，好似它们也听得懂一样。有时也眯着眼像在思考它们的一生，它们与人靠得也近，不像别的鸡都躲在角落里，不敢伸张且畏缩的样子。

　　外公外婆笑着说，他家的这两只鸡，生活在学校里，食得好且见人也多，从来不怕人，经常跑到教室里听课，有时看上去还很认真。我笑着说，难怪这两只鸡看上去很有文化，原来是上过学的鸡啊，大家一听都哈哈大笑。其实，这两只比较"有修养"的鸡的特别之处真的跟它们生活在学校有关。

按习俗，女人坐月子时，"跟鸡"是不能杀的，还要好好地养着。"跟鸡"的寓意就是跟在婴儿后面的鸡，"跟鸡"长得旺，孩子长得壮，老人们都这么说。所以，"跟鸡"比别的鸡更重要，要有特别的关照。

外公外婆待了三天就回去了，临行前外公说，这两只鸡的鸡笼要专门搭建，普通的鸡笼它们不适应，它们在学校时，鸡舍里都有横梁，鸡入笼后都待在横梁上休息，不像别家的鸡都是待在地上休息。这样一是防黄鼠狼，二是防潮且防细菌感染。难怪这两只鸡与众不同，原来生活条件真的很优越。

1991年发大水，我们家的房子都被冲毁了，人都挤在窝棚里，鸡笼更是变成半披水的小鸡舍。于是我们立马行动，为两只"跟鸡"修建了一个带横梁的小鸡舍。

白天几十只鸡一起吃啊打啊地闹腾着。晚上，两只"跟鸡"回到它们的"包间"休息，而其他鸡则统统挤在大通铺里。

鸡一天天地减少，多儿一天天地长大，妻子也一天天地恢复。直到有一天，母亲突然说，那只麻黑的"跟鸡"不见了。我们立马开始寻找，白天找，晚上也找，还跑去邻村找，可怎么也找不到，都说从未看见过一只麻黑鸡。

洪灾过后，人们都在忙着复耕，闲人少，小偷更是极少。因此，我们认为这只"跟鸡"应是被"黄大仙"拖去了，结论一出，我们也不再寻找了。

一家人围着多儿、妻子和农田忙里忙外，谁也不再去想麻黑鸡的事。好在那只芦花鸡状态很好，每天悠闲地进食与散步，有时还钻到房间伸着那不长的脖子往床上张望，似乎在说它与多儿有某种关系。

一天早上，我们正在吃早饭，突然，那只失踪多日的麻黑鸡出现了。我们正吃惊地议论着的时候，更惊奇地发现在麻黑鸡后面的不远处还有十二只小鸡，每只约半个拳头大小，鹅黄色的毛中镶嵌着黑白两色条纹，边走边在地上觅食，像它们的母亲，从容不惧生，可爱极了。

母亲开心坏了，急忙拿来碎米与青菜末相拌，撒在地上，那十二只小鸡蜂拥而上，鸡头迅速地伸缩着，不停地啄食，也不管别人议论纷纷。

这一天的话题都围绕着麻黑鸡和它的孩子们。孩子的父亲是谁？是那只大白公鸡吗？在哪里下的蛋？又是在哪里孵化出的小鸡？我们讨论了一整天这些找不出答案的问题，最后邻居也参与进来。直到晚上天黑时分，麻黑鸡带着它的孩子们走向一个靠近田边的大草堆，我们好奇地跟了过去。原来靠田边的草堆头有个洞，麻黑鸡就是在这里完成了生儿育女的全过程。

第二天，趁麻黑鸡和它的孩子们外出的时候，我在那草堆洞里扒了扒，没有一个坏了的蛋，也就是说，麻黑鸡下了十二个蛋，孵出了十二只小鸡，这也太神奇了。以前家里孵小鸡可费劲了，要不时地去查看母鸡是否尽职，是否把蛋给弄碎了，或者把蛋踢到窝外面了，还要不停地对着煤油灯检查是否有"妄蛋"（没有充分授精而孵不出小鸡的蛋）。有时小鸡在蛋里破不了壳，还要人加以外力相助。

可这只麻黑鸡，自力更生地完成了许多它的主人要为它完成的工作。是啊，任何动物都有它不为人知的能动性和适应性。人类也不例外，就像家里养宠物有利于孩子的健康成长一样，任何有生命的物体的生存环境都不能过于纯净。

曾看到一篇文章，说的是以前有个地主很苦恼，因为他家的牛经常生病，后请来专家查看了牛舍后说："你家的牛舍太干净了，没有蚊虫叮咬的牛更容易生病。"

我认同这个观点，任何动物都需要一定的环境适应性，那样它的生存能力会强很多。人作为动物中的一员，也应是这样。

第三辑　车轮滚滚

渡　口

据老人说，原来的廖渡口非常繁华，有三家米行、一家当铺以及多家饭店与客栈。但没有形成街，店铺大多散落在渡口两边的河堤上，靠堤而建。河里行驶着帆船，岸上行走着纤夫，偶尔还有号子声。

这是凤落河上的一个重要渡口，距上下两个渡口都有20多里远。陆路是条官道，向北沿山南过官亭达古城寿县，向南过龙舒达安庆和江南。沿水路向西溯流而上是大别山区，那里的山货与农产品是主要的货源；向东顺流而下是千年古镇三河，经三河入巢湖可达芜湖、上海等大码头，货物上下流动，这渡口就是个歇脚地。

新中国成立后，政策变化，公私合营，米粮归公，供销合作，私人的商业营生几乎没有空间。渡口的辉煌从此消失，但作为南来北往的通道的功能仍然存在，吕氏人家就成了守渡人。直至改革开放后，改道、架桥、农民进城，这个渡口才彻底退出历史舞台。

自我记事时起，我便对这条凤落河连同那因河而生的渡口心生怨气。它阻隔了我们与外部世界的联系，它让我们的生活变得更加艰难。生活在这一带的人，特别是男人，很少没有在这个渡口摔过跟头的：或一担珍贵的白花花的大米从河堤坡上直落而下至河床，像天女散花；或一头耕牛连同牵牛的人一同滚下，那巨大的水花在河面升腾，那牵牛人摔在树根下号叫。洪水咆哮时，常会有人殒命。

有人说凤落河是害河，也有人说廖渡口是恶津，这些说法都不准确。凤落河是条害河，这是公认的，而渡口虽然难走，但还是会给人一些渺茫的希望以及一线向外张望的缝隙。

那一年的春天，我去舒城化肥厂买化肥，用大板车去拉。由于坡太陡，化肥拉不上堤，我就先把板车架子扛上堤，再把车轮子扛上去，接着把架子扛到渡船边，最后把轮子也扛到船边，然后等船，等了好久才有人过来。

过了河，用同样的办法翻过另一道堤，才到平路。这里到化肥厂16里路，只有几个小坡，一个半小时就到了。我去财务室交上10袋化肥的票和钱，很快就从仓库提了货，立马往回赶。

到了大堤，先扛了10袋化肥到堤上，再扛板车与轮子，非常吃力。下坡时，研究半天，想省点时间，又想省点力气，觉得下坡总比上坡容易点，就想着偷点懒，扛了2袋化肥到河边，剩下的8袋打算一车推下来。

坡很陡，为减少风险，我用两个肩膀扛着板车的把手，拼命托举着走。一开始还行，慢慢地往下移动，可没走几步就感到往下的惯性越来越大，脚刹不住了，我一步都不敢动，就僵在那里。不敢松手，不敢移动，更不敢再前进，心里紧张地想着办法。就在此时，一个放牛的小伙子跑过来帮忙，帮我顶起板车的另一个把手，我一下子轻松了许多。

我们小心地往下移动，一点点，尽全力，但不敢快，可越接近半坡时，车往下坠的惯性越大。我们俩拼命抵抗，使出吃奶的力气扛着车把手，但仍无济于事。此时，我的两条腿都在打战，脚都拱到土里了。

我意识到了危险，一旦被板车连带着卷下去，后果将不堪设想。我从侧面瞄了一眼，小伙子脸都憋得通红，可还在使劲。我果断决定弃车而跑，我说："不行了，扛不住了，我俩快跑。"小伙子说："那板车与化肥呢?"我说："不管了。我喊一二三，然后我俩快速往两边跑，一定要快，不能让车给拖住或挂上。"小伙子点点头。"三"一喊出口，我俩同时松开车把手，迅速跑向两边，都摔趴在坡地上。

只见板车连同车上的化肥，借着自身的惯性，像脱缰的马腾跃而下，直奔河床而去。车架子滚落在坡底，车轮翻几个筋斗，最终飞到河里，砸起巨大的浪花。有几包化肥没有散开，但也七零八落地分布在坡上，呈蛇一般扭曲。有4袋化肥直接炸裂，那么珍贵的白花花的化肥像冬天的雪花，一堆堆、一片片地洒在坡地上或草丛里。

过路的人无不啧啧怜惜，几个过路人还顺手把那几袋整包的化肥抬到河边。我俩惊魂未定，那小伙子说："我回家拿扫帚和畚箕。"我做的第一件事是去检查那板车架子，掀起来一看，还好，断了一根掌子，还可以用，就把板车拖到了河边。

车轮还在河里，由于是初春，河水很浅，车轮的一个轮毂在水里，另一个则露出水面，看起来好像有一点责怪的意思，但更像是在嘲讽我们力气不够。

春寒料峭，当我把车轮从水里拖上来时，那双腿冻得像胡萝卜一样。太阳一照，冒着热气，先是像针扎一样疼，继而奇痒无比。

小伙子已把化肥扫成一堆堆的，我捡起破袋子，用草把袋口捆一捆，刚好能装下扫起来的化肥。上船、过河、下船，再上堤，再下堤，小伙子一路陪着我折腾，差不多花了三个小时，我终于可以拖着板车回家了。我向那个放牛的小伙子千谢万谢，他说不用，他家就在堤上。

冬天时，船家想省点心，用木板搭起一座木桥。200米长的木桥，木板只有30厘米宽，一次只一人能通过，一头有人上桥，对面的人就得等着。挑着重担子的走在上面，那木桥就吱吱作响，没点胆量还真不敢走。

有了木桥后，吕氏船家就轻松多了，不用在大冬天起床撑船。只是收入要少一些。这船是私船，虽有牌照，但政府不承担费用，得靠自营。收费方法有两种，其中一种是周围的村民"打秋风"，就是在每年秋天收稻子的季节，船家就会挑着担子挨家挨户收点稻来，就当作是过河钱了，当地人都叫"打秋风"。

外地人要经过则当场收钱，一毛两毛不等。也有没带钱的，那吕氏船人也厚道，只说一句下次记住啊，并不再作纠缠。有了木桥，这部分的钱就收不到了，即便在白天船家也不会在桥上拦着收过桥费。现在想起来，这私渡还真是慷慨。

春天的第一场雨过后，木桥就会被拆掉。因为，一场大点的雨很可能就会把桥冲走。一根钢索很快就会悬空而架，两头固定在大堤之上，那船用一条链子拴在钢索上。没有船工的时候，路人也能自己过河。

有时夜深了，行人要过河，船却在对岸，久不见来人，急了就扯着嗓子叫船。船工懒得起来，就装作睡着了。停了一会儿，那叫船声更响了，老远的村庄都能听见。有时船工拗不过，就愤愤地起床撑船，摸索地走着，嘴上还不停地嘀咕着："这么晚了还要往回爬。"

用"爬"来形容人的动作是不友好的，甚至还会起冲突。听到了嘀咕，那路人并不消停，通常也会回上一句："看你今年还要不要'打秋风'。"说的声音很小，看来并不想让船工听到，目的只是求得一种心理平衡而已。真到船上时，还是要打个招呼，客气一下。

夏天的第一场大雨过后，那钢索也是要拆掉的。因为河水随时可能暴涨，水位比较高，撑船过河会很危险。此外，水位再高点时会没过钢索，船也无法继续行进。

没有木桥和钢索的季节，过河时等待的时间就更长了，因为要用摇橹划船过河，那可是个功夫活，没有经过专业训练的人是万不可开船的。这样一般要聚集五六个人才能渡一次船，洪水时，要聚集十几个人才能过一次河。因为过河的难度太大了。

有洪水的时候，行船前，船工先用篙子把船沿岸边往上逆行两三百米，然后再用橹摇，这样斜着顺流而下，刚好可以停在对岸的码头。

洪水满河时，从那白浪滔天的水面上的一叶小舟上往往会传来惊叫，也有把不住橹的时候，那船就会漂出五六里，再找个合适的坡地上岸。

当防汛通告发出之后，那开船的指令就不是船工说了算了，而是由公社干部说了算，主要是考虑到安全问题。

有一年发洪水，河水与大堤的顶齐平了，两岸的堤上人山人海，都是被组织起来防汛的。每年防汛时都执行战时指令，没有人敢违抗。

一天下午，突然有个村民病得很重，要过河去县城医院抢救，经公社书记同意开船，并命令安全渡河。吕氏父子不敢怠慢，不仅领导有令，更重要的是人命关天，他们迅速从家里取出两个黄澄澄的桨和拐子。桨约3米长，前大后小，前面叶的部分，宽处20多厘米，窄处十几厘米，后面小的部分是个圆把手，我从未看到过。它们那么漂亮、那么鲜亮，我想应是放在家用布包着保存的。

小船工先把拐子插进船帮的方形孔里，拴好挂绳，再挂上桨，一个靠左前方，一个靠右后方。老船工在前操左桨，小船工在后操右桨；老船工在前把握路线与方向，小船工在后提供动力。

一行人全部上船后，老船工要大家全部蹲下以降低重心，减少晃动。老船工一脸严肃，全无平日里的幽默。再次检查停当后，他口中念念有词，小船工也跟着念念有词，没有人听得懂说的是什么，可能是跟河神交流吧，也可能是父子俩的行话，但肯定不是船号子。

老船工用桨轻轻一点，小船工就跟着动起来。老船工摇桨的频率越来越高，小船工摇桨的力度越来越大，很快船在我们眼前渐渐变小。岸上的人全都伸长脖子，踮起脚注视河面上的滔天大水与那一叶小舟。过了很长时间，船稳稳地靠在对岸。

此岸的人都松了一口气，也都说大开眼界了，传说中的老船工的船桨功夫，今天真的显示出来了。

　　如今，农民用脚抛弃了这个渡口，几度繁荣的渡口、几度荒芜的渡口、千年艰难的渡口，又回归它初始的状态，而村民再也回不到他们出发的地方。

知青老师

　　20 世纪 70 年代中后期，下放的知青几乎在农村的各个角落都留下了足迹。特别是有些村，由知青当支部书记，也为基层管理带来一股新风。更多的知识被用到了农村的生产管理上，尽管农民每天仍是饥肠辘辘，但精神世界充实了许多。那些知青不断给农民带来他们生活的故事、他们城市的故事、他们家庭的故事，以及他们本人的故事。尤其是最初几年，田间地头，井边树下，人们讨论的事基本都是关于下放知青的。谁的爸爸是老红军，谁的爸爸是将军，谁的妈妈是教授……农民对知青的了解之清楚程度，不亚于当今网络时代的"人肉"搜索。

　　当然也有添油加醋的，说得非常玄乎。那段时间，有的村庄连吵架的事都少了很多，因为除了干活，其余时间都用到了闲说或戏说知青上了。

　　那是 1977 年的下半学期，刚开学的一个下午，讲台上突然就站了一个大高个老师，小长脸，下巴略尖，比板寸头稍长点的发型。他一言不发，目光从左边扫到右边，又从右边扫到左边，前后也扫了一遍。那目光像刀子一样割着我们的脸，没人敢放肆，就连那几个最"洋蛋"的男同学，也眼都不敢眨地假装认真。

　　他没带课本，也没带笔记本，只是在无名指与中指间夹着一支粉笔。没有人见过这种阵势，一般情况下，新老师第一次登堂都客气得很，脸上堆着笑，嘴里的话也都有些甜。他却如此与众不同。

足有三分钟，教室里鸦雀无声，同桌的心跳我都能听得清楚。"英语单词是由字母组成的，不是象形文字。"终于，他开了金口，我们都松了一口气，好歹他说话了，一说话我们就能窥探他了。

"学英语，首先是学发音，其次是拼读，最后是拼写。"侃侃而谈的他，无视我们已是初中学生，听那口气，我们就是一张白纸，是空的，是个零。

"笨蛋老师才会每天让学生写，写字母、写单词、写句子、写文章。"他有些忘乎所以地倾泻着自己的主张。

这时教室里有一两声咳嗽，但都是很谨慎的那种。这是对的，谁也不敢在没有摸清底细的情况下贸然出头，无辜中枪。

整整一节课，除了在黑板上写下自己的名字外，他没多写一个字，通堂课都是在"洗脑"，把我们那青春的小脑瓜弄得云里雾里。

转心楼边那棵歪脖子树上的钟终于响了，教室里的我们连同那课桌都有了一种轻松的快感。

当他双手背后，手上夹着那支只写了两个字的粉笔走出教室的时候，班上一下子就炸开了锅。

"这是什么老师啊？这么凶，你看那眼神，完全是一副想打架的样子。"嘴快的同学出声了，听得出是有些不满。

"听那口气，目中无人，唯有自己。"另一个平时就很捣蛋的家伙在附和着。

"说不定本事不小，城里的老师教学的方法可能不一样。"这是一句积极的评价，但听上去有点马屁味。

"他是我们大队的下放知青，就住我家。"此话一出，一下子吸引了所有的目光与耳朵，看得出每个人都急于知道这个"大牛"老师的底细。那同学快人快语，也不卖关子，一口气说下去，直至上课铃声响起，好多同学都憋着尿上完了下一节课。

　　尽管掌握了很多他的信息，但对他的惧怕心理，几乎写在每个同学的脸上。他上课也不带点名册，"那个你你你，站起来，拼一下这个词"，"那个最后一排靠最拐角的，站起来，读下这个句子"……弄得全班同学都紧张得像在战场上。有人就说他是遗传了他爸的军人风格；也有人说他是在军区大院里长大的，培养出了战斗的特质。他自己常说学习就是打仗，你不打就不能胜。上课与打仗到底有什么关系，那时我们还真不明白。

　　他上课时在讲台上的时间少，更多的是在教室里走来走去，有时候就一屁股坐在你的课桌上，极尽批评之能事。由于从小吃不饱，当时我们没几个个头高的，又都是坐着，而他身材高大，又站着，当走过我们身边的时候，我们就有一种肩膀上压着块大石头的感觉。真沉！

　　考试打分，不用百分制，而用五分制。三分及格，好多同学都只有一分、一分半、两分，三分都极少。我那时常想，这老师也太抠门了，多给点分也不花钱，为何每次都这样呢？

　　有一次是大考，卷子特别难，他拿着一堆卷子站在讲台上，一脸怒不可遏，看上去他是气坏了。

　　"三（1）班全部零分，他妈的！"我们都像罪犯一样低下了羞愧的脑袋，但大家内心里没有多少抵触，因为那时已恢复了高考，谁都知道严是爱的道理。"他妈的"尽管有点粗俗了，但这三个字里所包含的责任与关怀，以及恨铁不成钢的心理，十几岁的我们也能明白。

　　英语课是最让我们煎熬的课，不仅因为难，还因为严，但同学们对他却没有多少怨，可能因为他的魅力大或是粉丝太多了吧。

　　上课时严厉的他与下课时篮球场上英武洒脱的他几乎判若两人，特别是他那一转身反手扣篮的动作，令无数女同学眼珠不转而心在狂跳。

　　那几个会打篮球的同学，与他越来越亲近了，有时在一起还搭着肩膀走路。这种亲和力不断传递着，同学们的惧怕心理也越来越淡了。

正当我们逐渐适应了他的教学方法时，他收到了安徽医科大学的录取通知书，牛皮纸里包着的那张盖了印章的纸，分外撩拨着我们的心。于他而言，那只是多学点知识的通行证，可于我们而言，那是命运的一次颠覆。

他要上大学了，就在我们向那渺茫得如同暑天飞雪的希望进发的时候。

他与我们的告别是在教室里进行的，他说了很多鼓励的话，话语中体现出更多的柔情与细腻。不承想他的肚子里还有那么多甜美的辞藻，原以为他只会说刚烈之词。

那个阳光明媚的下午，我们送他至校门口的那条土马路上，一辆帆布吉普车载着他，他挥手而别，留下了一操场的英姿、一教室的威严，还有一身的军人风尚。他带走了同学们的思念与无限羡慕，也带给我们一线如同萤火虫一样的光亮。

知青书记

　　知识青年到我们村插队时，我第一次见到传说中的城里人。叽叽喳喳的一群大孩子，到哪里都是一片笑声，不像村里的孩子们，任何时候都是一脸拘谨。他们穿的衣服也和村里人穿的不一样，除了黄色与黑色，还有花衣服，在蓝天白云之下特别扎眼。我们都在想，这些城里的孩子能干活吗？谁都不知道他们到农村来干什么。

　　很快我们的猜测就应验了，这几个大孩子还真是不会煮饭。农村的土灶也确实为难了这些城里人。锅台下面，一个负责抓草，一个拿着火叉负责往锅洞里塞，一次性塞的草多了，那烟就从锅洞口里冒出来，呛得锅灶旁的人都泪水涟涟。饭锅沸了，顶起锅盖，他们也不知所措，一个女孩一屁股就坐在锅盖上面，全然不知釜底抽薪的道理。村里人也在想，连韭菜与麦子都不认识的人，说是支援农村建设，恐怕没有人会相信。

　　一塘的鸭子在嘎嘎叫，那城里的大孩子们硬是傻傻地问，这水里漂着的是啥喀喀虫？引得村民一片嘲笑声。也许他们一开始都认为自己只是来农村体验生活的，认识一下农作物和水田池塘就该回城了，不曾想过他们会一辈子扎根在农村这个大有作为的天地里。

　　意识到问题的严重性，知青们就立即思想开了。有的真的准备在农村里大显身手；也有的走起了后门，找各种理由想回到城里。回不了城也要找些轻松活干，比如到农村学校当个老师，那总比在农田里双腿爬着蚂蟥好很多。

　　不知何由，来合肥西乡袁店廖渡村的知青全是女孩，分住在几个不同生产队的农户家里。我家也住了两个女知青，两个三观截然不同的女知青：一个整天心事重重地盼着父母早日拯救她出苦海；而另一个却每天脚下生风，踏遍村里的每一户农家。一年过后，一个就不知以什么理由回了城，没人知道什么路数，除了她自己；而另一个则成了大队书记，一个二十来岁的知青女书记。

　　当上书记的第二天，我就发现她的两个长辫子变成了齐耳短发，走起路来那头发就一晃一晃的，甚是张扬，但给人的感觉只有干练，没有招摇。刘海儿短了，鸭蛋脸却似乎显得更长了一些。

　　一个城里的丫头，来农村不到一年，却能把一个大队的生产队队长喊到一起开会，布置生产任务。一开始我都替她捏把汗，队长们能听吗？可真的很奇怪，队长们还真的按她的要求去组织生产。也许她那张似笑非笑，一笑更灿烂的脸，已是一张名片、一个品牌，那种感召力皆源于此。

　　那年冬天，公社正在廖渡村的西部修西大圩。天特别冷，几近滴水成冰，红旗招展的工地上火热一片，抬的、挑的几乎都在跑。那知青书记身着单衣，脚穿黄球鞋，带领一帮大老爷儿们在打夯。那清脆的号子声响彻整个西大圩的上空，几乎所有的石夯都和着她的号子声一起一落。那石夯与大地的撞击撼动着周边的农田，也激励着来年的庄稼。在那阵阵号子声里，西大圩修成了，连同那条月鸣河。晚上回家就听父亲嘀咕："没见过，真没见过，男人都做不到这样'泼'。"

　　我父亲是生产队老队长，常以庄稼能手自居。我常在家里听到知青书记安排鲍庄的农活，哪个田该上火发水了，哪个田该撒化肥了，哪个田该再薅一次草了，什么田要喷敌敌畏，什么虫要用六六六粉，都安排得有板有眼。一个大队书记管着那么多的生产队，却对每一个小队的农田那么了解，是用心，是悟性，抑或是革命的理想使然？反正到现在我都没想清楚。

又一年，知青书记就升为公社副书记了，要搬到公社去办公，公社在唐祠堂，离我家有三里路。尽管当了公社副书记，但隔三岔五她还是常来我家，有时帮我们补补衣服，那针脚细密而均匀，像模像样的，有时帮我们做顿饭。那时我的母亲体弱多病，不是躺在家里的床上，就是躺在医院的床上，或者就是在去医院的路上，一直没有消停过。

有一次父亲陪母亲去了医院，一住就是两周，知青书记就更频繁地来我家，为我们做饭、洗衣或是干点别的。有一回她炒了一道菜，我真是开了眼界，那是我第一次吃炒菜，也是第一次看如何炒菜。

在农村，为了省柴火，基本上不是蒸菜就是烀菜，菜叶子都是黄黄的，菜也是烂乎乎的。可知青书记不一样，她在锅台上操作，我在锅台下烧火，她一会让我烧大火，一会又让我烧小火，就像个乐队的指挥，我就是那小提琴手。整个过程我都是手忙脚乱的，她却淡定而有序，先把油倒下锅，再把肉丝下锅，最后才把白菜秆子放入锅里，和母亲平时做菜的顺序完全相反。菜上桌了，首先那颜色就好看，其次是那口感脆而筋道。

除了关照生活外，她有时也关心我的学习。一次在翻我的英语书时，她的眼泪都笑出来了，问我怎么能这样学英语呢？原来，我在英语单词下面用汉语标示读音。我的脸一下子红了，讷讷地回道："不用汉语标写，知青安老师叫我读时我就不会读了。"

高考正式恢复了，整个教育界都沸腾了起来，几乎所有的知青都放下了裤脚，穿上了鞋子，躲在屋子里备考，即便是准备在农村干一辈子革命的知青书记也拿起了书本。很快就传来了消息，知青书记考取了安徽大学，知青老师也榜上有名，很多知青都考上了。

知青书记最后一次来我家是来告别的，她满脸欢喜，手里拿着安徽大学的录取通知书，可烧眼了。同时通知我爸去公社领救济粮，一百斤稻谷，说是直接从公社里安排的指标。中午，知青书记在我家吃的饭，爸爸还叫来了许多人陪着。这顿饭吃得有些沉闷，大概都不知道说什么祝贺的话好吧。只是一个个都微笑着，农民那种憨直的笑。

下午三点多，知青书记说要走了，往我父亲手里塞了二十元钱，拉了半天她还是丢下了，还拍着我的肩膀说："好好学习，以后也能考上大学。"大雪（大学），对于一个农民的孩子来说，是只有冬天才会出现的字眼，却像一粒种子埋在了我的心里。这粒种子尽管无法被我置于阳光底下，但也没有霉烂，而是鲜活地存在着，存在于不足为外人所知的内心深处，在最深处积蓄着萌芽的力量。

在种了一年田之后，我再次捧起书本，读啊读。1985 年的那个夏天，我也收到了大学录取通知书。我去安徽大学找知青书记汇报，她已是安徽大学的团委书记，可不巧，她去深圳出差了。但我找到了知青老师——知青书记的老公。几年之隔，知青老师已没有了篮球场上满场飞奔的矫健，胖得有些慵懒，只是眼光温和了许多，全然没有在学校当老师时那么刺人脑门的犀利。

知青都走了，有的是考走的，有的是调走的，也有的是根据最后的政策一竿子回城里的，知青那道亮丽的风景也随着知青的离开而模糊在农民的生活中。艰难的农村之行，虽给很多城里青年和家庭带来了麻烦甚至是苦难，但它不仅真切地育起了民族的一道道挺拔的脊梁，也为农村点燃了许多希望的火苗。

天堂里的恩师

2008 年 3 月 9 日下午 4 点，我的恩师——廖德铭先生驾鹤西归。虽说也有思想准备，但在这一刻真正到来的时候，我还是感到非常突然，因为这年春节的时候他的身体还相当不错，可能是天堂里的学校缺少物理老师了。

站在滔滔的甬江边，回想起他跌宕起伏的一生，我的泪水夺眶而出，止不住、阻不断……

我本该叫他表叔，我的人生轨迹因他而改变，所以我常称他为恩师。他原本有一个美好的前程，20 世纪 50 年代毕业于合肥一中，后来成为山南中学的教师。他的性格使他在那个特殊的年代成为右派，而命运之神又安排他成为一个"农民右派"。那一年他才二十三岁，从此，二十年的农民生活中，握笔的手扶起了犁梢。

他学会了耕作，但二十年的苦涩人生却不曾让他学会"做人"。在那个特殊的年代，他虽然拥有一顶"地富反坏右"的帽子，却依然彰显自己的智慧，宣泄自己的情绪。

那一年秋天修丰乐河大堤，计工的方式是量土方。囿于对数学的浮浅理解，所有的人都打方方，即挖土时都是挖成长方体或正方体。计算体积时，长宽高一乘就完事了。可他对数学的理解比其他人深刻得多，于是他就挖成圆柱形或其他不规则形状，量方人员不知如何算，但碍于面子又不肯说出来，就自作主张"发明"了计量公式：直径乘直径乘高。这样的计算方式存在很大的误差，多算了很多土方。所以，他每天来得比别人晚，走得比别人早，可挖的土方还比别人多。

后来，很多人知道了这个秘密，就纷纷效仿，挖圆柱形的土方。无奈，大队干部就安排他去量方，他就用半径乘半径乘高乘 3.14159 的公式计算。人们问他为何要乘以 3.14159，他说这是 π 的值。大家也不知道 π 是个什么东西，有人就形象地称用 π 计算出来的土方为"螃蟹方"，因为 π 的发音和"螃蟹"相近。

就这样，他成了一名量方员。这是个美差，比手挖肩挑要轻松得多，也可穿一些干净的衣服，皮尺和算盘代替了铁锹和扁担。他很高兴，认为才华得到了赏识。有一天可能有些热，也可能是想让自己更光鲜一些，他就穿了件衬衫，这是从合肥买来的，很时髦也非常扎眼。恰巧这一天一位公社的领导来工地视察，一上堤就看见了这件衬衫，问大队领导，这个穿着猪油花衬衫的青年是谁？之所以说猪油花衬衫，是因为衬衫上的图案呈网状，非常像猪油花。大队领导回答，他是本地青年农民，在工地上量土方。公社领导又问，是什么来历？大队领导回答，没什么来历，高中毕业生，是个右派。公社领导立马面色愠怒，右派不好好改造怎么还如此炫耀？就这样，他又开始把算盘和皮尺换成铁锹和扁担。同时大队出了新规定，以后谁也不许挖"螃蟹方"。

从讲台跌进农田，他没有趴下，算盘换成铁锹更不在话下，思想也没起什么波澜，还是那样精力充沛，语出惊人。有一天下午，生产队里所有的男劳力都在田里刮渣以备秋种，半劳力很多（十五岁以上的大男孩可以上工，每天七个工分，和妇女同酬），孩子们都围着他站成一圈干活，这样就能听到他讲故事。突然，他停下了手中的锄头，用手捏了一大一小两个泥球，然后把自己的身子倾斜，模仿比萨斜塔，两手平行举在空中，要我们猜猜如果同时松开手，是大球还是小球先着地？

我们都猜是大球先落地，因为大球重些，可结果是同时着地。他告诉我们这叫比萨斜塔试验，也就是 1590 年伽利略在比萨斜塔上所做的自由落体试验，一举推翻了一千多年来统治人们思想的亚里士多德的理论，并告诫我们不要轻易相信权威的意见和观点，要敢于否定传统。当时由于知识的局限，我还不能懂得他的意思，后来才悟出他可能把田埂当讲台了。

"日出江花红胜火，春来江水绿如蓝。"改革的春风吹掉了他头上那顶戴了二十年的"帽子"，他又一次走上讲台成为界河中学的一名教师。此时的他心情舒畅，脚下生风，除了每周上课以外还耕种 15 亩农田，体力旺盛，遇到不平事更加不能自已，须彻底弄清谁是谁非。

有一次他把大队机耕路边的水渠整平做场地用，在上面脱粒或晒谷物，还号召其他人也这么干。可大队领导命令他立即恢复水渠，并说这是破坏行为，可他并未理睬，理由是这条沟自从修好后，十年间从未淌过水。双方就此争执得不可开交，最后那位领导愤怒地说道："如果不填平就不让你当老师。"这句话让他惊慌失措，等了二十年才又成了老师，不能这样又被抹掉。

第二天一到学校，他就向校长作了汇报："大队领导说不让我当老师了。"校长听了哈哈大笑："你现在是国家教师，是教育局的人，其他人管不了你啦。"

他在上课时是极其认真的，而语言和举止又极为生动。

上物理课时，他想通过试验来表现一些概念，学校没有教具，他却能信手拈来。有一次讲到惯性时，他把扫帚拿在手里，又把黑板擦放在扫帚上，从门拐处退到窗台边再突然以极快的速度跑过讲台，快到教室门口时又迅速收住脚，这时黑板擦从扫帚上滑了出去。他说："扫帚还在我手里而黑板擦却掉了，为什么呢？因为惯性。"

他对学生也是极严格的，特别反对学生谈恋爱。其实那个年代所谓的谈恋爱也就是男女同学间多说点话，或者一个同学把从家里带来的炒黄豆放到另一位异性同学的嘴里，就会被疯传为有人在谈恋爱了。当他听到这些后，不管三七二十一，就是一顿猛批。

有一次他在班上怒不可遏地说："我告诉你们，当毕业时，如果一个考取学校，而另一个没有考取，你们的爱情关系破裂时连电焊也焊不住。"这些言语虽然有些直白粗糙，但在我听来似乎仍然是振聋发聩的警告。

他调到袁店中学后不久就评上了高级教师，工资也跟着调整达到了处级干部的基本工资水平，他很开心，并自诩为"处级老百姓"。尽管已是"处级老百姓"了，他仍然不停止劳作，开荒种地，还兼养猪。他种的庄稼比别人的茂盛，他养的猪也比别人家的肥，因为他在做这些农事时，不仅用体力还用智慧。

我们常劝他，停一停忙碌的脚步，安享快乐晚年，他却让我们再去读一遍朱德写的《我的母亲》。是啊，一个勤奋的人劳作了一生，让他停下来其实是困难的，甚至是个错误。我知道他住院前做的最后一次农活是把家中所有的油菜地、小麦地给锄一遍，这是他的"封锄之作"了，从此后就再也没有锄过地了。但我知道他的内心是着急的，好几次我陪他在校园里散步，当来到田边的时候，他的眼神中就流露出荷锄的渴望……

恩师走了，我却背负着深深的内疚，是他改变了我"三四亩薄田、二三间茅舍、一两个孩子"的人生形态，我最终却没能送他一程。记得刚上大学时我曾掷地有声地对恩师说："我要好好地孝敬您。"可我终归没有做到。时常在心里惦记着要去看看他，可所谓的事业消耗了我绝大部分时间，偶尔的探望也是匆匆忙忙。是啊，没有觉悟的人往往都是这样，当拥有时不觉得多么重要，就像空气之于生灵；当失去时才感到弥足珍贵，就像时间之于人类。到如今只剩下默默的祈祷：恩师，您一路走好，天堂里有美丽的学校，校园里到处都是书声琅琅，教室里有您钟爱的讲台，还有好的教具，您不必再用扫帚来说明惯性，还可以尽情地演说……

我的乐师先生

其实在上中学之前，我对音乐是没有什么概念的，可谓"黄芦苦竹绕宅生"，却"终岁不闻丝竹声"。如果认真回想，只有那么一次与音乐有些瓜葛。

我叔说要做一把二胡。之前我从未听他拉过，但听人说他拉过优美的二胡乐，能让夜晚的月亮躲到云彩之后。叔做二胡，第一件事就是捕蛇，一定要三斤多重的蟒蛇。蟒蛇在合肥西乡常见，但三斤重的不多见。

叔没事时，我便跟着他在凤落河的大堤下的荒芜潮湿处寻觅。他背着竹笼，我们一人一个长竹竿，叔还有一把鸭铲子。找蟒并不难，但难的是找三斤重的，好像找了一两个暑假都没有收获。直到有一次，看到过路人的扁担上缠着一条大蟒，叔便花钱买下了。

蟒皮剥下后，叔要用一种调制好的液体反复揉搓，说是脱脂，然后把蛇皮钉在墙上晒干后再取下，并在有脂肪处用刀不断地刮，这样可以让皮质均匀。余下的木工活就不在话下了，叔有做木匠活的基础。

不久，一把二胡真的做出来了。咋不拉一首呢？我常提醒着。叔说，琴刚做好不能拉，要让时间浸泡成历史并附在琴深处，那琴才有灵性。

二胡是有灵性的，失去了灵性，大师也拉不出美妙之音。我深感神秘，不再追问，但从此也没有听到叔拉过一次。

有人说，叔二胡拉得真不错，只是由于他的情妹妹走了，他怪原来的那把琴失去了灵性，把它扔在了轮车挡里。

村里人还说，叔不仅可用二胡拉曲子，还可用二胡发出马嘶声、鸟鸣声、猫叫声，还有蚊子的嗡嗡声。我好等三年，直至新做的那把琴的灵性足够充分时，他也没有拉过一首。也许他拉了，却是在我不在的时候，至于为什么不让我听，也许他不想让我看到他眼角的泪。

上了袁店中学，我第一次感受到音乐，是在一个月光下的夜晚，飞雁投湖边的一个荒坡上传来一阵竹笛声："小小竹排江中游，巍巍青山两岸走……"传得那么悠远，也许是太静吧！我们几个同学虽不懂丝竹之音，但全跟着调唱着词。笛声结束了，我们躲在草丛边，一个比我们大不了多少的老师走了过来。朦胧的月光下，都能看出风流倜傥的风姿，他是我们的音乐老师毓先生。

远远地驻足听竹笛，后来成为常有的事，再后来就有了做一支竹笛的念想。其过程也委实简单，锯根竹子，在室内阴干几个月，穿通内节，用木匠的细钻打上八个孔，一个给嘴巴，六个给手指，还有一个孔贴上膜，就是竹子内腔的那种膜，一根竹笛就成了，还真能响，但都不成调。那笛声类似鹅毛挑子吹的那样，虽不能为乐，但可出声，若加以训练，唤唤鸡鸭是可以的。

最终，我仍是买了笛子，偷偷地学了音乐老师的一些皮毛。四十多年了一直这么吹着，好像还处于四十年前的水平。

毓老师的笛声常在那飞雁投湖的荒坡边升起，他的二胡却时常在大庭广众之下演奏。也许笛子的声音适合于草丛里的虫鸣交响吧。二胡却截然不同，当先生那低沉而充满思愁的弦乐响起时，即便快乐如小猴子的我们，也会立马深沉起来。先生把二胡拉得如泣如诉，每当我们的肚皮咕咕叫时，二胡声更加重了饥饿感，甚至让人悲伤起来。所以，若有一天正饿着，我便会躲得远远的，远到听不到先生的二胡声。

先生的二胡是极其考究与专业的，那琴杆必须是三十年生的湘妃竹根部才行，也许湘妃竹做的琴杆更易于把湘妃泪与湘妃愁浸透在乐师的琴声里。不止琴杆，那二胡的做工也极其讲究。据说是苏州的二胡老传人做的，琴箱的共鸣原理模仿了百灵鸟的声道。

先生是个直来直去的人，难以变通。上中学那会宣传队是十分火热的，宣传队队员也不亚于当下的明星。我多少次梦想着加入，一为显摆，"看！我都是宣传队队员了"。二也因为喜欢吧，我真的喜欢音乐，况且班上长得好看的女生大多在宣传队里，所以每次宣传队扩编，我都翘首以待，但都一次次落榜。

又一次宣传队扩编，我就准备去毛遂自荐了。可不知怎么那么巧，我到时先生正出来，碰上了，我还没开口，他就问道："你整天哼哼唧唧的，歌唱得怎么样啊？宣传队又要扩编了，缺个歌手，你上二楼试下吧。"呵呵，我当时想着运气咋一下就来了呢？心里的情绪全部写在脸上，屁颠颠地跟着去了。

先生的办公室兼卧室在转心楼的二楼，一进两开，两个老师各住一小间，木墙、木地板，走在上面咯吱咯吱地响。我尽量蹑手蹑脚，显得斯文些，以多点印象分。

先生端坐着，面部带着一如既往的那种农田沟壑般的微笑："来，唱个什么歌听下。"

"《骏马奔驰保边疆》吧。"我脱口而出，内心十分有把握，虽不慌乱却有些紧张，心里纠结着调子要起多高：低了，不显水平；高了，怕上不去。一咬牙，向高的地方去吧！

一开腔，音很高，但顶住了，心里轻松了许多。唱着的同时，我心里就盘算着即将成为宣传队队员的荣光，就在唱到"呀、嗬、嗨"那地方时，也许走神了，也许嗓子眼的潮气被前面的几句吸干了，"呀、嗬、嗨"低了八度都没有顶上去。砸了，彻底砸了，先生那微笑的脸也转成了多云，不过还未到乌云翻滚的阶段。

"我该叫你舅呢。"我厚着脸皮套着近乎。

"你家在卫下郢，与我母亲娘家五爪塘就隔几道田埂。"我又嘟哝了一句，担心第一句他没听清。

他脸上的云并没有消退的意思，他盯着我看了一会，以一种不容置疑的专业口气总结道："音准尚可，音高不够，回去吧。"

一场欢喜只在瞬间就消失了，我仍不死心。

"跑龙套呢？"

"不缺人。"

"扛扛东西呢？"

"也不缺人。"说这四个字的时候，先生的脸上明显有些不悦了。

我知趣地走出了先生的宿舍，心里有些恨恨的，咋一点不讲情面呢？当然在宣传队试唱失败的事情，转眼就像一片浮云随风而过，我仍和以前一样到处哼哼唧唧。

先生不仅可以吹拉，还可作曲。上中学那些年，班主任斌老师应邀写了部剧本名叫《风雨迎花》。剧本的唱腔是庐剧，作曲全由先生完成。他作曲不像写作，在书房里，在书桌上。他是在田埂上作曲，每走七八道田埂就抓起笔写几段，再走七八道田埂又写几段，一首曲子就写完了，看似简单得如同在农田抓只蛤蟆。

他在田埂上写曲子的那些天，学校周边的农民都觉得很奇怪，这个风之子般的十几岁少年怎么和这田埂耗上了？

从《风雨迎花》中棉花姐的那段唱腔中，我真的就听出了农田里的小草味、泥土味、青草依依的田埂味，还有稻禾、麦苗、油菜花全都在那曲子里摇曳，也仿佛看到自己正在田里干着农活，挥汗如雨，还有蚂蟥和泥鳅、小虾陪伴。

　　转眼袁店中学的生活结束了，有的同学一翻身捧上了"铁饭碗"，有的同学还在继续读书。我回到鲍家庄种田，先生也考取了师范学校，后来又从音乐界步入政界。

　　跟了先生几年，没学到多少音乐知识，甚至连调号也没弄清楚，但对音乐的热爱却源于先生。每当我吹着萨克斯、葫芦丝，抑或摆弄着其他乐器时，我的脑子里首先鸣响的是先生的音乐。那飞雁投湖边，月光下飞扬着笛声。转心楼里，悠长的二胡声，丝丝缕缕，如轻云不定地飘浮，从那四合院的上空扩散到整个校区，甚至校区外的农田里，连同那禾苗也随乐起舞，缠绕着我从天涯到海角，从彼时到此时。

　　先生从政了，虽有些辉煌，但并未取得多少成就，更多的可能是遗恨。我常想到孟子的话："术不可不慎。"先生若从一而终为乐呢？那取得斐然的成就或许只是时间问题，不在午时，便在子时。

　　先生退休了，退休后的先生极力弥补着音乐的缺失，组建了乐团。每一个有太阳的早晨，滨湖的公园里，都会飘起先生的二胡之韵。右手二指上，老茧的厚度显示出先生音乐水准的深度。音乐的创作也处于不亦乐乎的状态，也许不久一首以黄土高原为题材的笛子奏鸣曲《延安颂》就将诞生。此外，蓉胜的厂歌《大榕树》生生谱出了蓉胜人的生机与追求。

　　一天，陪先生在巢湖边弹奏音乐，一首京胡《夜深沉》听得我周身发热，快板，连同中板与慢板都韵味十足，充满激情，容不得你不热血沸腾。不仅我听懂了，似乎巢湖的水也听懂了，波浪拍打着岸边，和着那芦苇的摇曳声。细想一下，先生的音乐真的可以赋水草以生命了，犹如他可以赋古镇以新生一样。

赤脚医生

　　"身背红药箱，阶级情谊长，千家万户留脚印，药箱泛着泥土香"，这是电影《春苗》里的插曲。20世纪70年代的赤脚医生是乡村的一道风景，不像现在乡村卫生室以坐诊为主，那时的赤脚医生都是公益性的，是行诊，走村串户，寻诊问药，解决农民的疾苦。

　　印象中，赤脚医生清一色的是阿姨。那个年纪的我误以为只有阿姨才可以当医生，长大后见到医院的医生好多都是男的，一下子脑子还没转过来，特别惊讶的是，好多医院的妇产科也有男医生。赤脚医生是从农村妇女中挑选出来的，由大队推荐、公社党委批准，是一种以人情关系为主的推荐方式——当然自身条件也要过硬。

　　赤脚医生的标准装备是一顶草帽和一个红十字药箱。

　　药箱有大有小，并不统一，但里面的东西大同小异：一根针管、几个针头、几瓶消炎用的红色或紫色药水、一卷胶布（是那种不透气的胶布），还有些纱布。

　　赤脚医生的医学知识大都来自公社统一组织的，在公社卫生院的培训，医学知识基本是肤浅的，只能打个退烧针或包个伤口之类的。当然这也能解决很多现实问题，因为那个时候擦皮伤骨是常见的事。

　　在大型工地，如农民建筑水利工程的工地现场，都会有医疗点。四根柱子顶着一个草棚，再挂着红十字的标识，一个临时诊所就成立了，与工地指挥部遥相对应。工地上的诊所不仅具有医疗功能，也是社交中心，干部们、社员们，或者其他人员，都会尽可能找机会来医疗点，喝着茶，聊着天。

赤脚医生的行医活动中，最难的恐怕算是打吊针了。打屁股针一般问题不大，找个部位一针下去，总能把药水挤进去。而打吊针就不一样了，是一项功夫活，因为针头必须插入血管里。有时候赤脚医生一连扎了好几针也没能把针头插进病人血管里，脸上挂不住，嘴上就不好意思起来，埋怨这血管也太细了，或者说病人太胖，血管真不好找。其实那时农村真没有太胖的人。有一次我看到赤脚医生好不容易把针头扎入病人血管里，用胶布把针头固定好后，直接打开吊管的开关。不知道是动作太大还是怎么的，针头从血管里翘出来了，生理盐水直冒。边上一个人笑着说好像缝衣服啊！大家都笑了，包括那个病人，氛围轻松起来。又折腾了一番，针头终于又被扎入了血管。

随着改革开放，赤脚医生连同那些诊所和岗位都消失了，一同消失的还有那红十字药箱、那顶草帽。那双带泥的脚也早已穿上鞋了，农村真的变了。

古 庄 台

　　巢湖平原大部分为圩区，改革开放四十多年，经济发展，农民进城，乡村剧变，跟着变化的还有农民的乡愁，再也找不回故乡的乡愁。我曾驱车环巢湖四周游走，几乎所有的圩区都不复原始的风貌，只有柿树乡廖渡村那一方宛如桃花源般封闭的所在还保存完好。廖渡村除了农舍，其他的基本还是以前的样子。这是因为它地理位置的特殊性，四条水系把它与外界隔绝开来，二十年前，这里甚至连动力车都不能进入。

　　圩区文化由四大元素构成，分别为庄台（含农舍）、圩堤、水系（沟、渠、塘、河）、农田。四大元素相得益彰，在圩区内各司其职，千百年来，它们形成合力，保障圩区内的农民休生养息。

　　圩堤是圩区的保护神，圩有大圩、小圩、连圩，一圩之内，少则几百亩，多至数万亩良田的安危全靠圩堤。圩堤主要是用来约束河道里的洪水，雨水季节一到，防汛就是头等大事。洪水时节通常也在一年收获季的前夕，一旦决堤轻则颗粒无收，重则人们无家可归，因此圩堤是圩区人心中至上至高至圣之所在。

　　圩区的水系由沟、渠、塘组成，它们的主要功能是为农田服务。水是庄稼的血液，那沟、渠、塘便是庄稼的血管，旱时灌溉涝时排水，平时就是蓄水池。圩区的沟、渠、塘小而浅，而且都是人力用水车提水，农民用智慧构筑这些水利工程以便于劳作。沟、渠、塘里的水草是禽畜的饲料，而水里的鱼虾却是孩子们的向往，那沟、渠、塘也就成了孩子们的天堂。

农田是圩区文化的内核，是农民付出的对象，也是收获的源泉，农民的故事一大半都在这里演绎。圩区的田最大的特点是平坦，呈方形，田埂也是笔直的，耕作起来比岗上的田要方便。微风拂起时，稻浪千里，十分壮观，让人陶醉。

庄台连同庄台上的农舍，是农户人家物质财富的展示，也是精神财富的外在表现，是农户一生劳作的总结。高高的庄台之上，耸立着高大的房屋，庄台四面环水，宽而深的壕沟是安全的保障，东、西两条塘坝像伸出的两臂，广迎天下财与天下客。那庄台之南的水塘即为聚财之盆，庄台之上一定会有老井，井水高于四周的塘水。庄台上农舍相连，鸡犬相闻，人情浓浓。

庄台是圩区农民智慧的结晶，筑台建房的主要目的就是防洪水。庄台高于圩堤，若圩堤决堤，农人不至于无家可归，庄稼没了但房子还在，人有所居，就有希望。这里是避风雨的地方，是归宿，也是心灵的栖息地。如果家都没有了，那最大的财富也就没有了，甚至连希望也变得渺茫。

我有生以来就经历过两次洪水滔天的场面。第一次是在20世纪60年代末，在我刚好记事的年纪，那时丰乐河的大堤还不高，基本与庄台持平。当大堤决堤，洪水漫灌时，雨还在不停地下。由于降雨时间太长，我家前面的一排房子倒了，但后面一排老宅——一座四马落地式的房屋，却没有倒。

第二次是1991年的大水，那时的丰乐河大堤已高过我家的屋顶。圩堤溃破时，那滔天之水倒灌而下，村里的房屋基本顷刻间随水流而倒，连同屋里的家用器具一并浩荡东流至巢湖。

廖渡村现在还有许多古庄台遗址。1991年的洪水后，政府把大堤加得更高了，村民们纷纷沿村里的中心路依次而建房屋，虽无规划，但也整齐划一，像个居民区。千百年来，人们赖以生存的庄台就变得荒芜而落寞，四周的壕沟和水塘里的杂草已与庄台上的杂树连成一片，像一片人迹罕至的原始森林。

最原始的庄台都是以家族为单位建造的，单户难以完成，因为工程量大，而且族人聚居也是出于安全的考量。庄台多以姓氏命名，廖渡村的古庄台就有涂氏的涂老郢、李氏的李小庄、周氏的周墩、李氏的李家圩、鲍氏的鲍家庄等。后来随着人口的流动，庄台里的姓氏也多元化了。

在廖渡村众多的古庄台中，鲍家庄的庄台最具有代表性，规模大且构造复杂。《许氏族谱》记载，大约明朝中期，许氏三星堂一世祖许国泰任庐阳（古合肥）知府时，举族从徽州迁至现袁店中学一带；清朝初期，其中的一支入主鲍家庄并对原庄台进行大规模改造升级。1991 年前的鲍家庄基本保持了原来的样子，庄台前面有一口叫秧塘的大水塘，秧塘呈肚状，在取土堆庄台时并没有一挖到底，而是大部分地方挖得深，但约三分之一的地方挖得浅。当塘水漫灌时，浅的地方就会没在水里。每年春天要育苗时，把塘水放掉一半，在水里没了快一年的浅的地方就露出来，整理成田用来育苗。据老人说，千百年来代代相传，一直这样操作，其原因是塘泥沤了一年，在上面育秧，秧苗长得壮、长得快且少虫害。其中的道理可能没有人能说清楚，但这些经验真切地传承了千百年。秧塘的名字也由此而来。

庄台的其余三面为壕沟，壕沟与秧塘之间东、西各一条塘坝，东边的向东南伸展，西边的向西南伸展，呈相拥之势，这也寓意着广纳天下财。壕沟比秧塘窄很多但也深很多。鲍家庄的庄台很特别，在庄台背面的壕沟与庄台之间还有一个月牙池，遗址至今仍清晰可见。据老人说，鲍家庄的庄台刚建好时，太过壮观与宏大，庄台上有两排约三十间的四马落地屋，东、西两塘坝上还建有吊桥，东、西两端设有瞭望台，台高沟深，秧塘面积也大。便有人告到官府，说是许氏一族建造的庄台，名为庄台实为营寨，有谋反之意，事情一下子就大了。族人一方面疏通关系，另一方面经高人指点立即在庄台与后壕沟间挖了个月牙池，这样就不像里围墙外壕沟的格局了。同时拆掉瞭望台与吊桥，一场风波就此平息，但月牙池一直保存到几百年后的今天。

民国前期，鲍家庄全为许姓人家居住，后来因姻亲而入住的有桂氏、程氏，还有逃荒而来的陈氏以及投靠亲戚而来的刘氏。人口越来越多，人们就开始从庄台里往外分散，有的搬到轮车挡的圩堤之上，也有的在庄台的西头堆土延伸台面造屋。

鲍家庄的庄台在1991年发洪水之前，承载了约五十口人，十三户，前后两排房子。除了我家和隔壁二叔家后面的房屋为四马落地屋外，其余的都是普通的土墙草顶屋。每户为前后两排房，每排两间，中间是个院子，院子的一边是厢房，相邻的厢房是背靠背建的，院子的另一边是与另一户相隔的围墙，这都是以前许氏族人分家时的格局，相邻两户共用一个排水管道。

我家原本前后两排均为四马落地屋，因为木头多，20世纪60年代，大食堂缺少柴火，就将前面一排房拆掉了。后面一排，1969年的大水扛过来了，可1991年的大水却没能躲过。我清晰地记得当年四马落地屋的基本构造：每间房子由八根梁柱支撑，柱子下面是柱础，东西两头各四根。柱础是一块非常重的鼓状青石，柱子之上为横梁，木头很粗，为冬瓜梁，横梁与柱子是铆接在一起的。然后是梯形向上的两级小梁，再上面为三角形的构架，最上面的就是脊梁。

四马落地屋的建造方式是先把屋子造好，再砌四周的土墙，这种设计也是为了防洪水。洪水进庄台后即便土墙倒了，房子也可安然无恙，洪水退后再砌堵墙。有时候也有人在洪水来临时把墙拆掉一半，以便减轻重量，可保存余下的墙体。

　　庄台的东南角是一口约有五百年历史的老井。井水高于四周的塘水，冬暖夏凉，寒冷的冬天井口还冒着热气。至于庄台的井水为何会高于四周的塘水，谁也说不清楚。1991 年的大水之后，这口老井也被埋在了庄台里面。被埋在庄台里面的还有许多旧式的农民生活器具，像巨大的石臼、石锤等老物件。

　　庄台消失了，留下的遗址供农人在午后的阳光下回忆，回忆曾经那鸡犬相闻、夜不闭户、路不拾遗的生活形态，但乡愁已无处可挂。

荒芜的门庭

　　每当行走于乡间的小泥路和柏油路上时，最触动神经的不是那美丽的田景和与城市里几乎一样干净的马路——水泥或柏油马路，而是那一户户荒芜的门庭。曾经热火朝天、门庭若市，如今不仅门可罗雀，而且茂盛的杂草已基本挡住了回家的路，除非用柴刀砍出一条路来。

　　看到这些荒芜的门庭，我想到了屋里很多人在离开这些老屋时的心情。有的是主动离开的，到外面的世界去闯荡，去谋生，去实现人生的美梦。出门时他们的脚步显然是带着些许惊惶与担忧的——担忧家里的父母，担忧未卜的前途，还担忧那城里的花费比家里的要大得多：不比家里，要吃荤抓只鸡，要吃素园里摘，城里的一切都要花钱，否则开不了锅。

　　城市也不像农村——没有钱可以赊账，有钱了再还。乡里乡亲的，家门口塘都知道深浅。到城里，一切都变了，那心也变得狭窄与恐慌，唯恐哪一天锅就不热了。城中村的住宿虽有些简陋，但付了钱还是可以有一处容身之地的。因为钱财有限，提防偷盗也不是问题，所以在农村主动弃屋的，一般多为年轻人。

　　为了下一代，为了富裕的生活，也因为土地里实在刨不出更好的东西。他们虽有忧虑，但也走得坦然而决绝，生活的压力谁都要面对。土地筋疲力尽，产不出蜜，产不出奶。虽然农村的路真的好了很多，但路

176

上运不出更值钱的东西，于是他们走了，走了，都走了，去那钢筋混凝土建造的城市了。

一拨人走了以后又走了一拨人，这些人却是被迫的，也是无奈的。他们已不能独立生产，甚至难以独立生活。没有配套的医疗生活服务，老人就成为孩子的负担，那些早早为了家庭而去城里打工的孩子也要挣钱啊。不过最让人担心的还是那些年迈的父母，他们都到了不能劳作的年龄，却飘浮在城市的空中。

这不仅关系到经济能力，还有孩子们的精力与心情。老人们无奈地离开了自己的祖屋、自己的土地，在别人的城里艰难地活着。谁愿离开自己的祖屋、自己的土地呢？即便是追梦的年轻人，从某种角度来说，也是被迫离乡的。

千百年来，食与住是农民的梦与根，而屋是一个家最贵重的财富，是最安全的处所，一家人甚至几代人就在这屋子里生养繁衍、薪火传承，抛弃祖宅是不可想象的行为。可今天，实实在在的农人，却丢弃了老宅，抛弃根与梦，把老屋交给了风与雨，交给了门前的荒草与那屋内安逸的老鼠。其实，谁都不甘心丢弃老屋，但谁也阻挡不了这种趋势。

老屋是一个家庭在当地的地位与财富的集中体现。新中国成立前地主家的房子里外都是砖木结构，以彰显财力与地位，被视作家族的荣耀。农民造屋时大都倾囊而尽，因为房子是除了吃喝以外的生存根本。在农村，砖墙瓦房是包产到户以后出现的，20世纪90年代后砖混楼房大量出现。包产到户前，盖农屋用的最好的材料是荒草，这是一种荒坡上长的坚硬的1米多长的草，晒干后即可盖在屋上，在集市上都可买到。

那时有荒草屋的人家算是殷实人家，比较差的是用麦秸秆铺就的屋顶。那崭新的麦秸秆屋顶看上去颇为整齐，不是太穷的人家都会选择麦秸秆造屋，而最穷的人家连麦秸秆都用不起，就只能用稻草造屋了。稻草秸秆，软且易腐烂，但便宜且易得，自家种的稻子收获后晒干、码堆、并齐即可。

那墙是清一色的土块墙，为加强土墙的牢固性与持久性，先用黏泥巴搭成墙基，千锤万击以塑形，干了后在墙基上砌土砖。那一个个标准的土块也是在农田里精心制作出来的，将一块干透了的田，洒水后再用牛拉石磙碾压几十次，次数越多越好，最后用梭刀切成条，用断刀断成块，用揣刀端起来往旁边一立，那就是一块土砖。

上大梁、拉红布、撒甜糖，每个农民在造屋时心情都是亢奋的，脸上都堆满了笑。尽管肩上的担子更重，尤其是背负的那堆债，但造了屋似乎腰杆就直了。这实在有些奇怪，肩上担子更重，腰杆却更直。

遥想造屋时的冲动与亢奋，谁也不会想到今天老屋就这样被遗弃了，这样遗弃是多么不甘心啊。当然，也许有一天有些人会回来重新收拾老屋，从城里迈向农村，从城市文明重新迈向农村文明，这一天会到来吗？

车轮滚滚

　　由于家处袁店这个穷乡僻壤，少见世面，直到初中一年级时我才第一次见到自行车。那是一辆"奔马"牌自行车，由铁匠表叔从山南骑回家，煞是威风，不亚于现在开辆宝马。我好生羡慕，东瞧瞧西看看，心里还在嘀咕：没有发动机，自己载着自己怎么能又快又省力呢？

　　第一次坐自行车，那是在1982年的寒假。斌同学突发奇想，提出骑自行车到合肥去玩。他身高力大，一口气从山南中学骑到上派。那是一个很冷的冬天，我不会骑车，只能长时间坐在铁硬的后座上。到上派的时候，我冻僵的双腿已不能站立，瘫在路边，四只大手揉搓了半天才恢复知觉，接着继续赶路。穿过三孝口时，我发现后面有一个交警在朝我们大声嚷嚷，好像在叫我们，可能是我们违规了。那时我们也不懂交通规则，情急之下，担心自行车被扣，我跳下自行车让斌同学先走，那可是一笔财产呢！我走向交警，他说不准骑车带人。我解释说我们从农村过来，不懂城里的规矩，请多原谅。于是，在接受了严肃的批评并写了保证书后，才算完事。

　　第一次骑自行车，是在高考和"双抢"都结束的那个夏天。头一天晚上，我从亲戚家借来一辆车，借着月光在自家场地上练了几圈，次日一早就开始上路了。斌同学家的农活也刚结束，我们相约骑车环游"舒六合"。中午在官亭的馨同学家吃饭，同学很是好客。她执意要留吃晚饭，我们婉言谢绝了。下午，我们经小庙到上派，并在一朋友那里用餐留宿。

第二天早晨日上三竿了，斌仍在酣睡。当他终于睡眼惺忪地起床后却告诉我，太累了，不想继续这次环游了。再一次邀请后，我便不再坚持，只能独自前行。当日，我经三河并留宿舒城，第三天从舒城出发经张母桥镇到达六安双河，第四日从双河出发到达六安市市区并作逗留，第五日从六安经杨桃路山南镇回家，第六天吃一餐睡一天。整个行程约350公里。其间，有两个晚上我借宿在路边看场地的蚊帐里。

这是我最长的一次骑车旅行了。在路边的池塘沐浴，采食田边的瓜果，留宿野外的蚊帐。一路走来，感知秀美山川，汲取自然的活力。车轮滚滚，我时常回忆起那时的勃勃生机。那时候的自己，有着超乎寻常的耐力和野性。

在建行上班时，我还时常骑自行车。之后，我加入驾车一族的行列，在车轮滚滚中参与着各种各样的以四轮车为载体的竞赛与较量。

车与路的竞赛，车越多，路越宽；路越宽，车越多。不断拆迁修路，更多的新车上路。街道改造成路网，大道变成了双层，天堑也变成了通途，但仍盛不下滚滚车流。人们追问：车路之争，谁是赢家？

两轮与四轮之间，仿佛有着一场博弈。上下班的急迫心情是一样的，而路宽也是既定的。在抢路的过程中，一方快了，另一方就会慢下来。由此，四轮车与两轮车这两大阵营，在不同的道路上演绎着各种各样的竞赛与较量，最终升级为不遗余力的争吵和不断发生的事故。于是乎，开小四轮车的强势群体呼吁限制两轮车中的电瓶车，而骑两轮车的弱势群体则不满四轮车的强势压力。双方忙得不亦乐乎，势均力敌不相上下。最终会限制谁，目前还没露端倪。

尾气与空气也有一场较量。建设和谐社会，必须减少污染，特别是空气污染；而发展市场经济，人们更加富裕，会有更多的车排放尾气。

控制污染的种种努力，所取得的一点点收获，又不断地被尾气所吞噬。实现蓝天碧水的理想是多么必要、多么诱人。

此外还有人车争食。20世纪80年代，有一部小说描述了机器人控制人类的可怕情景，虽然那只是杜撰，但人车争食的局面在现实世界中真切地上演着。四轮车是由人制造的，天然的石油满足不了饥渴的四轮车，贪婪的目光便瞄准了人们赖以生存的粮食。逐利的资本家们快速地捕捉到了这些信息：用粮食来提炼车用燃料的工厂如雨后春笋，一时间粮价飞涨，饥荒再现。世界粮农组织不得不大声疾呼：不允许滚滚车轮碾压出更多的难民！

其实这才是故事的开始。随着社会的发展，财富呈几何级数增长，更多的人拥有车，到那时再宽的马路恐怕也不能供你风驰电掣，而只能用来排队。刚进入自由王国的人们可能又要随着滚滚车轮回到必然王国。呜呼！滚滚车轮，滚快了人们的心跳，滚重了城市的负荷，也滚乱了人们的生活。啊，车轮滚滚，我真的迷恋那两轮车的时代。多么简单，多么自由，多么清洁，多么随心所欲！不占空间，不用能耗，只耗体力而又能强身健体。

家狗小黑

上小学的时候，家里来了一条小狗，我们给它取名为小黑。小黑体格很小，但很可爱，是别人送的还是爸爸逮的，已记不清楚。那时"宠物"这个名词还没有流行开来，人都食不果腹，一般是没有闲心来"伺候"一条狗的。况且，那时候人们的精神世界很丰富，因此，那时候养狗不像现在的城里人养宠物以获得精神上的慰藉，当时的狗，最大的用途就是看家护院。有生人来的时候，狗汪汪地叫几声，算是报警，也算是一种抗议或是对"领土"的捍卫。我家养狗基本上属于这一情况。

小黑很有灵性，对人特别忠诚。可小黑在家里的待遇是最低的，比猪还低一等，大概是因为它不能创造剩余价值吧！每当喂猪时，如果狗伸头抢吃的，母亲就会大喝一声，或者干脆用脚把狗踢到一边，而小黑只能乖乖地站在一边不敢吱声，委屈的眼神到现在还让我时常想起。只有等猪吃饱了，一摇头一摆尾哼哼唧唧走开的时候，小黑才能到猪槽里舔食。

小黑的忠诚是无条件的，这么低的地位却丝毫也没影响到它的工作热情和快乐心情。每当我背起书包上学时，它都要护送到很远，直到袁店街头离我家大约 1.5 公里的地方。其实它是还想再送一程的，只因它是一条未见过世面的狗。

袁店老街说是街，其实只有两个店铺，但村民的房子是沿街两边对门而建的，中间还有一条青石板铺成的路。每到此，小黑就立在街南头，不再往前走，应该说是不敢再往前走。有时我快走到街尾的时候，发现小黑还站在那里目送着，让人心生感动。

放学时，小黑一准站在街头迎接我，看到我出现，它的尾巴画圆圈般摇动，头也不停地上下晃动，在我裤脚上磨蹭，伸出舌头，露出牙齿，微笑着。

记得有一年秋天，几个同学嚷嚷着要横渡十里长塘抄小路回家，这样可以少走好几公里的路。水乡的孩子个个都像水鬼，游过 200 米宽的水面根本不在话下。那个下午我很早就到家了，忙家务做作业，直到点灯吃饭时我才发现小黑还没有回家，心想：它是否还在那个街头等我呢？心里不甚踏实，拿着手电筒沿着上学的路走过去，快到街头时，月光下一个黑影在打转转，一副焦急的神态。

我很是内疚，三步并作两步向前。"小黑"，我轻声地叫着。它一下子兴奋地扑过来，极力扭动着整个身躯，似乎在说："终于等到你了，终于等到你了。"没有一点抱怨的神情。

上高中了，学校离家很远，我只能在周日回家一次并在家待上一天。这一天是我和小黑厮守的一天，我到哪里都带着它，感到很惬意。

每到周日的傍晚，我就要挑着米和菜之类的东西上学了。小黑照例要送我到袁店街头，不同的是它对我更加难舍难分，好像我随时会弃它而去。所以，分手时我都会多次回头向它挥手，不像初中时只是回几次头我就径直往前走了，它都以脚刨地作回应。

高中一晃而过，大学生活开始了。上学的路更远了，我一学期才回家一次，渐行渐远中小黑也日渐衰弱、体态臃肿、行动迟缓。但每次相逢时，它的激动和热情似乎与它年轻时的没有什么两样，而每次分手时，它的眼角都有些泪花，目光也有些呆滞，还有呜咽的声音发出，好像是在暗示："下次回来也许你就见不到我了。"每次我背起包裹时，它都鸣咽着用牙咬住不放。每次分手时，我们都要在分手的那个地方磨蹭很长时间不肯分开。

　　大学毕业了，到芜湖建行办理好报到手续后我就匆匆忙忙赶回家里，当父母高兴地迎出门的时候，小黑再也没有蹿出来。爸爸告诉我，小黑走了，很安详，老死的，没有把它剥皮炖汤，而是埋在河堤坡上，还放进去一件旧衣服——据说这样狗可以投胎成人。

　　那一夜，我做了一个梦，是和小黑亲热的场面，小黑仍然是兴奋的，这一次它有了一些抱怨："我并不想投胎成人，做人有什么好呢？"

弃　狗

　　小叔和小婶终于进城了，正式进城前的最后一趟东西是我用奥迪A6拉的，后备厢及车里全都塞满了，我们三人往里一挤，真是连讲个笑话都没有空间安放了。

　　原本说好饭后就出发的，不知小婶哪里来的那么多东西，转一圈，一包东西被塞进车里，又转一圈，又一包东西被塞进车里，似乎总有掏不完的东西。说是持家也好，说是守财奴则更贴切。小叔不停地催促，小婶不断地应付着，但出发的指令总下不了。我也不急，也不帮忙，一本书捧在手上，就基本"与世无争"了。

　　四点已过，小婶终于说话了，大存子，差不多了。但她说这话时，眼睛分明还在屋里乱转，那口气听来也只是想说差不多了。我能深刻理解这句"差不多"，所以，继续埋头阅读。又过了一刻，小婶终于说走吧，而不是"差不多"了。我见这次真的可以走了，合上书起身走向车子。

　　在整个进进出出拿东西的过程中，小叔家的三条狗始终没有离开一步，人从屋里到屋外到院子再到车旁边，狗也走着一样的路线。不像平时，人做人的事，狗干狗的活。今天不同，它们好像感知到家里要发生什么事，就更加关注主人们的行动。

　　车停在马路边，距小婶家的屋子约200米，当最后一包东西夹在小婶的臂下时，她以胜利的口气宣布，现在真的可以走了，说着咔嚓一声，门就锁上了。在咔嚓的刹那，我注意到那三条狗的身体似乎同时抖动了一下，它们已意识到离别来临了。

我们向车子走去，三条狗像随从一样跟在后面。只是此刻，它们不再像平时那样活泼与从容，而是心情复杂且步履蹒跚，尾巴紧紧地夹着，这是害怕的姿态。我忍不住问小叔："门上了锁，狗住哪里呢？"

"东山墙外有草堆，里面可以掏个洞。"小叔不紧不慢地说着。

"以前它们也住草堆里？"我问。

"它们以前住院子里堂屋的檐下。"小叔仍不急不躁地答道。

"那为什么不在前门边挖个洞？那样狗就仍然可以住院子里了啊。"我说。

"那不行，家里没有人，狗会把院子搞得不像样子的。"小叔显然不同意我的主意。

说着走着就到了车子边上，小婶把最后的东西装进后备厢，我关上后备厢门，那三条狗就坐在车后边，眼直勾勾地望着我，这时我才开始认真地端详起来。最大也最老的那条狗是黑色的，黑得很纯，一双黑眼睛隐藏在黑色皮毛中，但仍然十分光亮。那舌头真长，舌尖的涎水一滴滴，像泪，脸色十分严峻。它们心里明白将要发生的一切，只是它们不会说而已。不，不是不会说，而是我们听不懂。

那中等大的狗是条花狗，花得有些土，像农村丫头过年缝的花棉袄一样花，也一样土，花多但朴素不艳，给人实诚的印象。它身上很脏，但两只眼睛很萌，忧郁而谨慎，像一个积满了愁的诗人一样让人怜，让人爱。它一会儿看着我，一会儿又看着大狗。显然，大狗是它们的主心骨。三条狗都已坐在地上，张着嘴，似笑又似尴尬的表情。它们的尾巴也没闲着，一直在摇，但那摇的节奏，显然有些心神不宁、心事重重的慌乱。

只有那最小的白狗，坐了一会儿之后，还是闲不住地在车子边上晃来晃去，也许是少不更事的原因吧，还在一晌贪欢，或许也有一点点迷惑，但更多的是兴奋，好像爸爸要带它进城一样。小白狗长得真的漂亮，不仅漂亮，而且很阳光。静立时，两头翘，英姿飒爽。尽管身子小，但卓越的身材已显端倪，若毛色再干净点，再柔顺点，都快赶上我们家的"小布丁"了。

可以走啦，小婶在车里喊。我仍在车外面与狗进行着无语言、无行动的交流，都只靠双眼在交流、在对话、在讨论，甚至在进行一场辩论赛。狗为一方，我为一方，辩论的论题是城市化，具体又分三个主题：城里有什么好？全民进城对不对？狗怎么办？

这三大主题，我一对三，三四个回合不分胜负。但各自的立场十分清楚：狗是反对城市化的，认为城市不好，没有农村自由，空气也没有农村新鲜，更重要的是在农村可以随地大小便。虽然我也是反对城市化的，是支持狗的意见的，只是辩论赛必须要有正反两方，所以我只能选择正方。

辩论进行中，谁也说服不了谁，谁也战胜不了谁，最后只能看裁判的了。裁判宣布，正反两方没有胜负，也就是没有谁是对的，也没有谁是错的。

一场辩论赛结束了，狗很失望，我也很失望。我心里想着让狗赢，狗赢了，说不定那推土机从城市的边缘向农村深处推进的速度就会缓慢些，而狗就会有更多的时间和主人在一起。

"大存子，走啊。"小叔开始催了，我一步一回头地走向驾驶座，狗也起身跟到车身左侧。我发动了车，摇下车窗，我们八目相视，似告别，似交流，但更多的可能还是争论甚至是争吵。还是刚才那个论题，但不同的是，狗的"眼语"里早已没有激情飞扬的神态，也没有了振振有词的雄辩，它们的泪光里充满了忧伤和恐惧，也充满了无所适从，甚至是绝望。对视中，那条最大的狗的两行眼泪簌簌而下。

我实在不忍心，关上窗，一脚油门，车子就前行了，但速度不是很快，因为我怕狗的心里承受不住。开出约 200 米时，狗突然发疯似的朝车子奔跑过来，十二只爪子扬起的灰尘像轻烟，像薄雾，更似那浓浓的愁云。

我停下了，狗可能还要再说些什么，它们到时，我也下了车。这次它们六只眼里全都挂着泪珠，粗声地喘着气，舌头伸得更长，嘴巴也张得更大了。看得出刚才的奔跑它们是用尽了吃奶的力气，尤其是那条小白狗，委屈的眼神你都不忍心直视，是心碎的感觉。

我蹲下来，挨个对每条狗摸摸头，边摸边说道："你们的主人要进城里住了，他们在城里要干活，要挣钱过日子，没时间管你们，你们三张口，他们也养活不了你们，你们就守在这里自找活路吧，你们的主人实在是带不了你们了。"那条最大的狗在点头，似乎认同我的解释，但六只眼里的泪水淌得更快了。不止六只，我的眼泪也止不住地流。还是那条大狗，用舌头舔我的手，我知道这不是央求，是在传递真情，类似青年男女临别时的亲热动作。

"你们回去吧，相互照顾啊，我会回来看你们的。"我摸着小狗的头对它们说。

它们似乎真的听懂了，齐刷刷地点头摆尾。我站了起来，三条狗也仰起头直直地看着我，似乎在说再待一会吧。我又和它们对视一会儿，然后径直走向车前门，它们也跟着走动，但在车后门旁停下了，我知道它们还想和主人告个别。我打开后门对小叔说："告个别吧，你们不知猴年马月才能再见到了。"小叔和小婶挥挥手没有说话，也不知能说点啥，一脸不舍的神情。

是啊，这是没有办法的选择，社会的进步往往是十分无情的，像城市化造成老人与孩子的分离，狗与人的分离，人与生于斯长于斯的农田、小路、池塘的作别，还有被迫进城的艰难生存者。有的地方，几十年的故土已杳无踪迹，但这些都是社会发展的代价，总要有人来承担，包括这些狗。

车再一次开动了，狗儿没有再追上来，而是立在原地。车走得更远些了，狗儿的头也仰得更高些，但不像送行，更像是张望，张望着远方的亲人。我想这种表情应是在梦想着我们下次的相见吧。

狗儿在后视镜里变成三个小点儿了，其中那个最小的已若隐若现，但我清晰地看到，它们没有冲过来，也没有掉头回去。这真是个艰难的选择啊。冲过来，显然没有结果；但转身就回，又是那么不甘心、不情愿。我用模糊的双眼看着狗儿模糊的身影，也看着这模糊的世界、模糊的人类，以及狗的生活方式。

后 记

与土地渐行渐远的时候，对土地的思念愈加深切，思忖着土地的好与不好。不好是因为人们从土地里刨食太艰难，而土地的好不仅在于她能生长庄稼，而且还在于她承载着许多故事，尤其是饥饿与快乐的故事。

在我彻底离开土地的几十年前，土地之上，饥饿是主旋律，几乎每个人都或多或少经历过，只是程度不同而已。所以，饥饿占据了我关于那个时代的记忆的一半空间，而另一半的记忆空间则充满着快乐，一种纯粹的快乐，不带有任何杂质的快乐。这种快乐与饥饿在时间与空间上高度契合，以至我时常怀疑，是不是我的记忆出了问题？都食不果腹了，为什么还有快乐？可快乐却真实存在，而且与饥饿相伴相随。

当下，物质丰富到让选择成为难题，可快乐却成了稀罕之物。即便有时冒出一些快乐，却很快又被焦虑或新的欲望所替代，快乐与富足在时间与空间上难以契合。我常想着，快乐是人之所求，可快乐到底和什么具有更大的相关性呢？

写下这些片段是想着打开记忆之门，在这扇门里去寻找快乐的成因以及与之关联的事与物。